星野徹詩集

Hoshino Toru

Shichosha
現代詩文庫
184

Gendaishi Bunko

思潮社

現代詩文庫　184　星野徹・目次

詩集〈楽器または〉から

詩集〈フランス南西部ラスコー村から〉から

評論・エッセイ

詩人論・作品論

装幀・芦澤泰偉

詩篇

詩集〈PERSONAE〉から

エホバ

彼は
前こごみに
腕を垂らしてあるいた
腕が岩にふれると
岩の硬さに緊張したので
なるべく
ぶらぶら垂らしてあるいた

腕を
手を
ぶらぶらあそばせること
あそばせることは
思考することであったから
一〇本の指は
それぞれ
それぞれのカテゴリーを思考した
いわく
イナゴの味覚について
いわく
棍棒の重さについて
いわく
乾いた洞窟のありかについて
いわく
いわく
一〇種類の思考が
渾然
朝陽に
ひかった

彼は
前こごみに
腕を垂らしてすわった
一〇本の指が

一〇種類のカテゴリーを
組み合せ
積みあげ
崩し
また組み合せ
積みあげ
崩し
のどぼとけがけいれんした
と見るや
オ　ト　コ
と言った
オ　ン　ナ
と言った
それから
放射状に
それぞれの思考を行為する
一〇本の指を
束ね
オ　ト　コ

というコトバを
オ　ン　ナ
というコトバの方へ押しやった
オトコがオンナのそばに立った
オンナがオトコのそばにすわった

彼は
前こごみに
腕を垂らしてあるいた
太陽は
すでに彼の踵にあった
彼は気がせいた
オトコは
ともすると
オンナからすり抜けようとし
オンナは
オトコからしりごみした
彼は駆けた
四つん這いになった

その方が安定したし
　スピードが出た

まだオトコでもオンナでも
ない仲間の待つ
洞窟にむかって
二〇本の指と
四〇本の筋肉が
渾然
風をおこした
背中で
小枝がとび
胸の下で
キイチゴが
はじけた

ダビデ

ゴリアテ　身のたけ六キュビット半のゴリアテ　彼の武装目録はざっとこうだ　うろこ綴じ重さ五〇〇〇シケルの青銅の鎧　青銅の脛当てと青銅の投槍が七本で三〇〇〇シケル　手槍は機の巻捧さながら　樹齢七〇〇年の樫の髄をけずった柄に六〇〇シケルの鉄の穂先　まだある
　三人の槍持ちがかざす三枚の青銅の楯　しめて　一五〇〇〇シケルの青銅と鉄と樫となめし革と汗だ

ダビデ　身のたけ五キュビット半のダビデ　武装目録はいわずもがな　一個の石と一本の革ひも　それだけだ
いわずもがなのそれだけを携えて　一五〇〇〇シケルのゴリアテの前に立った　彼らをはさんで　二〇万人の兵士の眼が　鈴なりの露のように　そよいだ

ダビデは　石を革ひもの先端にあてがうと　ゆるやかに廻しはじめた　ゆるやかに回転する石の　朝陽にきらめく遠心力と　肩　肩のつけ根の心臓に吸引される求心力

とそのバランス　バランスは一本の腕と一本の革ひもだ　ゆるやかにゆるやかに　徐々にはやく　二〇万人の兵士の眼を束ね　二〇万人の声にならない声を束ね　言葉にならない言葉を束ねて唸りを生ずる石　五〇〇シケル　五〇〇〇シケル　一〇〇〇〇シケル　一四〇〇〇シケル　急速に重くなる石　一四五〇〇　一四九〇〇　彼の顔が　肩が　心臓が　石よりもかたく充血した　とそのとき　一五〇〇〇シケルをがつんと切った　石が飛んだ　鬱蒼たる樫の巨木が地ひびきをあげて倒れ　イスラエルの地平がずんと後退した　だが　後退した地平の中心に　なぜか彼は　萎びた棗のように立っていた

須佐之男

麦　月あかりの麦　交叉する麦の　千の茎と万の葉と　そのかげ　鳥はない　まして歌も　まして星も　ひたすらに　刃のようなかげ　そうして　時　停止する　時の車輪

どこから　どこへ　追われつづけるのか　おれ　いつから　いつまで　狩られつづけるのか　おれ　獣のように　風のように　だが　風はなかった　束の間の停止　車輪の停止　烙印のように　そこに　貼られ　呪縛されて　そこに　おれが在った　動けば　麦が切れる　くいこむ

死体には　乳房がなかった　臍も　陰さえも　それら喜々として在った部分に　根が　からみ　もつれ　もつれる細い虹のように　かがやいていた　それら　おれを愛した部分から　穂が　いっせいに　のびあがり　のびあがる翠の蠟燭のように　夜空を指して　炎えていた

夜であった　月あかりであった　鉾の先からしたたる血が　大地を　大地の凍った胎を　濡らし　浸し　温めていた　すこしずつ　うねり　うねり高まる　石女の胎うねり高まるいのちのサイクル　サイクルのひかりとかげ　かげの部分　おれは　一瞬　奈落の底へと投げ

こまれた　発芽のために　はたした掟　はたした殺戮
　妻を　母を
月が傾いた　車輪がまわりはじめた　流れる星　のろし
　さわぎきしる鳥　蜂起する　千の鉾　万の鉾　いっさ
いは　まぼろしのように　血しぶきのように　おれは駆
ける　もう一つの　絶望の方へ　夜明けの方へと

額田王

蒲生野《かまふの》の朝はそのうすねずの苞を脱ぎかけていた
浅いねむりのへりにはヨモギ色の金星がかかり
揺れる領土を　潮汐のように照らし出していた

ひとこえ甲高い雉　甲高いひとすじのひかりの矢
たちまち苦くなるあなたの咽喉の奥のねむり

やがてヨモギ色の朝を横切って二人の皇子がくるだろう
一人ははしばみ色の髯をなびかせ　一人は鳶色の眸をか
　げらせて

ふたたび甲高い雉　甲高いひかりの矢　もはや
あたたかい血のしたたりにめざめるほかない標野《しめの》
八重の苞を脱ぐほかないあなた

いま　短い燭のほのほが照らし出しているあなたの
浅いねむりの裾　潮汐はいつしか止んでいた

有間皇子

磐代の浜の浜松の枝を引き結び
おのれの魂を封じこめたあなた
紀の湯の罠の行宮へと
海鞘《ほや》のようなからだを運んでゆくあなた
あなたにとって信じられるものは
額を打つ風と砂と

燠のように眼を灼く波がしらだけだ
十九年の生涯が
ほそくほそく引き伸ばされて
浜松の枝と砂丘とのあいだに
糸のように懸かっている

浜の夕映えを巻きこむ
浜木綿の芯の渦
あなたを巻きこむクーデターの
芯のくらい渦
片方は見えるのに
片方は見えぬ
因縁のほのあかい道を
たどるほかないあなたの
いっぽんの緊張はいたいたしい
ほそくほそくしなう緊張の末端にあって
浮き　沈み　遠去かる一つの海鞘を
あなたは見ることがないのだ

風と砂があなたの瞼を打ち
枯れた因縁の葛《かずら》が
あなたのからだに絡む
浜松の枝は夕闇の底に沈んだ
浜松の枝から遠去かってゆくあなた
ますますほそくなるあなたの生涯が
純金の糸のように
南紀日高郡《ひだかごおり》を縫ってひかる

蘭丸

火の手は右からも左からも迫っていた
ゆらめく無数の指を衿に這わせ
元結に絡ませ
あまつさえ　咽喉のおくの暗い城
そのしのびがえしのあたりにまでとどいていた
天主閣を守らねば——
彼は必死に口をとざしていた

発火点にまで徐々に高まってゆく石垣の石
石を洗う血の分子の一つ一つ
武器を！
しかし口をひらくわけにはゆかなかった
ひらけば
焔の蛇が殺到し押し入ってくるだろう
じりじりと包囲される天主閣
意識の夜空に直立する彼の
形而上学
赤熱してゆく針のように
それは越後路からも堺からも
望見された

Stratford-on-Avonの男

ひと旗あげようとロンドンに出てきたものの　あげるべき旗があるわけでなし　あったところでこのスモッグだ
　とてもはたはたと翻るわけにはゆかぬ　観衆のひわいな喚声はむろんのこと　楽屋の窓から見あげる空まで鉛色だ　それもときおりスモッグの切れ目から覗くだけ
スモッグと空とのけじめもつかぬ　鉛色の朝がきて　鉛色の昼がきて　鉛色の夜がきて　おきまりの鉛色のニシンに鉛色の煖炉の火
ガラス製の宇宙　などと言い出したのはどこの誰だ　地球を芯に　たまねぎ状に大小九つのガラス玉がかぶさっていまして　玉の頂点には天使さまがおすわりになり玉の回転を司りなさいまして　回転すなわち天上の音楽をかなでるわけでして　などと　方尺の切れ目から　おれの見あげる宇宙は少くとも方尺の鉛製だ　天使も腹を立てているだろう　天上の音楽どころか　ガンマー線を用いても　いっこうに見とおせぬ鉛の世界のできごとには
馬の足をふり出しに　金切り声をはりあげながらの辻から辻への広告屋　カブト虫の妖精まで手がけてきたというわけだが　こんどは台本書きときた　種本も読まねばならぬ　どこそこの王がどこそこの甥にころされたあと

どこそこの息子にまたころされて　といったたぐいの年代記　寝不足の舌にざらつく文字　砂糖のようにはとても融けぬ鉛の砂　大時計のビッグ・ベンが打ちはじめた　正確に十二だ　十二の鉛の輪　おれの神経を絞りあげる

Avon 河は流れているだろう　さわやかになめらかにかつすんなりと　あの娘《こ》の腕　いや足のようにだ　帰りなんいざ　しかし帰ったところでどうなるものか　鹿泥棒でもまたはたらくか　ああ Avon よ足よ　明日も　明日も　そのまた明日も　こうして時間の階段をずり落ちてゆくほかないのか　鉛の瞼に鉛の腕　いっそのことダンカン王を刺しころすか　尻ごみばかりしていては　いっそのこと刺しころすか　天使もここまでは見とおせぬランプのように眠っている彼　なめし革の肌を照りとおる黄金の心臓さえ外さねば　おれはペン・ナイフを握りしめた

ホメロス

オルケストラの石畳は
エーゲ海の潮風にさらされて
ますますしろく冴えわたった

彼はそこひの眼をあげて観衆をあおぎ
テアトルの底から
擂鉢型にひろがるアクロポリスの空をあおいだ

そこひの視線に射られると
ものはものの色彩を失い
光はいよいよ明るく　影はいよいよ暗く
その対照を際立たせた

観衆のひとりひとりの髪や
髪にさしたオリーヴの小枝のかわりに
髪や小枝の網にくるみこまれてひっそりと在る
ものの相が呼び出された

ものは相となり　形となり
ますます冴えわたる石畳の上に
鋼となり皮革となり肉となって積みあげられた
と　テアトルがいっきょに傾いた
槍がとび　館が炎え　アキレスが倒れた
拍手が泡立ち
潮騒いのように寄せたり退いたりした

だが渦の中心に彼の姿は　ない
あつい観衆の肩口をぬうようにして
ひとかたまりの夕陽が
次の主題　次の落城　の方へとうごいていった

アドニス

ベツレヘム　パンの家　鼓腹撃壌のまぼろしの別名のような町だから　なおさら彼は蒔かれるのだ　ひとびとの手から乾いた畦へと　なおさらまぼろしをこめて乾いた手は蒔くのだ　彼を　彼のひとつぶずつのまぼろしをひっきょう　乾いた星座と地平をよぎって　濡れようのないまぼろしの生と死と再生の　まぼろしのような車輪がめぐるばかりだ　ひとびとの凹んだ眼窩には　幾世紀もの砂嵐がつもっていた　蝗禍　戦火　空腹の塵も　それですらまぼろしに似ていた

ベツレヘム　パンの家　まぼろしの別名のような町だから　蒔かれながら想うのだ　またしても彼はなおさらまぼろしの瞬間を　天球のどこか　稀薄になる酸素のどこか　白光みなぎる暗黒のどこかに　ふと起るまぼろしの羽音の瞬間を　使いはしりのガブリエルではない　金剛石よりも硬く仔羊の肉よりも軟かなものの　近づく羽音
どきりと軟かいまぼろしのタガネの瞬間を　だが　眼をひらくと　相変らずのまぼろしのような町があるばかりで　ひとつぶずつのまぼろしを蒔く　乾いた手があるばかりだ

ベツレヘム　パンの家　まぼろしのような町だから　無
理もなかった　手たちのまぼろしがまぼろしの主なる彼
を蒔き　彼の主なるまぼろしがまぼろしの羽音を想い
こうして積みあげられるまぼろしのやがて眼もくらむ高
さの水圧が　ひとつの実体におそいかかるまでには　ま
だ幾つもの世紀の経過が必要であった

（『PERSONAE』一九七〇年国文社刊）

詩集〈花鳥〉から

コロンブス

彼は孤独の帆船
彼のひきいる船隊は
従って
彼の孤独そのもの
寸分のくるいもない
視覚的な伝説
伝説そのもの
そのものがそのものを増殖することの決してないそのも
の
コロンブス

彼はジブラルタルの岩に刻まれた
ne plus ultra*
彼のひきいる船隊は

従って
ne plus ultra そのもの
宇宙がそこで鋭く切れている
言葉の断崖
断崖そのもの
そのものがそのものの断崖となることの決してないその
　もの
コロンブス

彼は突然
視界に入ってくるヴェクトル
彼のひきいる船隊は
従って
束ねられたヴェクトルそのもの
定型の王国を支える
聴覚的な栄光
栄光そのもの
そのものがそのものの木魂となることの決してないその
もの

コロンブス
おお　きみの孤独の帆船が
比喩のように
枕詞のように
いま孤独の子宮に入ってくる

同じく
わたしはどこをどう漂っているのだろう　自由の海　自由の女神の胎内に向けて帆をあげてから　切り立つ断崖
　断崖のあいだの言葉の岩のあいだをすり抜けてから
しかし記憶はそこで切れてしまう　暗い　どこもかしこも　打ちかかる暗い波――言葉の波　リヴァイアサンの尾――狂暴な言葉の尾　砕ける舷側　きしむ肋骨　あなたの胎内でめしいたわたしの瞼に　クサビ型の光を！

＊〈この向こうには何もない〉、つまり〈限界〉の意。

大氣都比賣

スサノオ
あなたはレディ・キラー
腰をひねって一閃
鮮血を噴きながら——
と言いたいのだが
花びら散り敷くしとねに
うっとりと倒れこんだわたしだった
しかしそれから
髪の毛の先
爪先へと
おもむろにひろがっていった
あれは
何の戦慄であったのだろう

スサノオ
あなたはすてきなレディ・キラー
つめたい刃が
わたしのからだを走ってから
乳房は陽あたりのよい二つの丘に
腹部はなだらかに起伏する
みどりの平原に変っていった
こんどあなたが黒駒をはしらせてくるのは
いつのことか
むすうの発芽をかかえて
ほのかに熱をおびてくる
わたしの子宮

スサノオ
あなたはすてきな
すてきなレディ・キラー
二つの丘を
しろいつむじ風のように駆けめぐり
なだらかな平原を
灰いろのこがらしのように駆けぬけていった
まっしぐらにわたしを南の方へと
やがて

しだいに緊まってくる秋の星空のもとで
わたしは死の睡りのための
化粧をする

同じく

わたしを外に押しひらこうとする力が　からだの中にひしめいている　ひしめく力は　むすうの繊い根となり同じくむすうの繊い茎となって　それらはスサノオ　あなたの肉の残照であるむすうの胚芽から　暗い絶望のように生え　伸び　もつれ　ひしめき　だからスサノオあなたがふと取り落した残照の　いつかわたしの中で絶望のしこりのようになってしまったものを　外に押しひらこうとするのでしょうね　からだじゅうの皮膚がこんなに疼くのは

イシス

中天から見おろせば緑のいちまいの絨緞だが　降り立ってみると　さながら無数の釘を逆立てた筵　釘の筵のさながら天にまで続くかと思われる業苦の葦だ　彼女は虹のようなめまいに襲われていた　切断された夫の死骸をさがしあぐね　死骸のいとしい断片をさがしあぐねて力つきようとする彼女　大地の　葦の　聖なる女は　さがしあぐねながらそれでもさがす　虹のようなめまいの中で　さがすという行為にすがりながらさがす　彼女から遠去かろうとする行為そのものを　むしろ引き留めようとするかのように　一つの確証をさがす　それでも夫であることの　いとしい断片であることの——　一日がすぎ　そしてまた一日がすぎ　めまいがめまいに重なり大地が大地に折り重なって限りなく拡がる虹　拡がる虹のめまいの輪　輪の中でしかし　しだいに軽くなってゆくのをどうすることもできはしない　彼女にとって　彼女のうなじ　くるぶし　子宮にとって　軽くなってゆく女であることの意志を　あることの意志の行為を　いつ

か頬は茶と白の斑の羽毛で覆われている　指は　はがね
色の風切り羽根に変じている　釘の筵のはてしない葦の
上を　彼女は虹のように旋回していた
同じく

さがす
さがす
ちぎれたボタンをさがす
ちぎったメモの紙片をさがす
それは日常の薄暗いポケットの隅に
納い忘れたものだが
ときに内側から日常の皮膚を刺戟する
虫垂炎のごときもの
じじつ彼女はさがしていたのだ
その虫垂炎のごときもの
ひとつまみの炎症のごとき言葉を
神話のポケットの薄暗い肉のひだの間から
それがしかし
不意に翠色の花苞をひらく
といった奇蹟をねがいながら
可逆反応の
（『花鳥』一九七四年国文社刊）

詩集〈芭蕉四十一篇〉から

芭蕉　一

垂直への願望　それは抽象への意志と不可分の関係にあったろう　垂直が抽象を招くのか　抽象が垂直を引き寄せるのか　それはもう彼の中で可逆的な関係にあったろう　じっさい　油のような闇の中　闇の中の厚ぼったい膜の中で　さかんな発汗はそのまま膜の厚みを加え　厚ぼったい膜の闇の中に　そのまま彼を包んだ　水のほとりに佇めば佇んだで　水のさながらぬるま湯の　ぬるま湯から脱け出そうとしてあぎとう魚に彼は似ていた　おのれの魚の属性をかなうことなら棄捨したかった　棄捨と抽象　また垂直　それらのものの関係が闇の膜の闇の中ですこしずつ熟成していったのは　そのときだったかもしれない　熟成の魚は円錐へと可逆的な距離を飛んだ
　円錐はさらに球へと同じく可逆的な　やがて厚みの全くない　発汗とは無縁の円そのものへと　闇の膜の闇の手が円を支えた　すでにないはずの魚の手が　いやないはずの鰭が円そのものである彼を支えた　一瞬　ないはずの彼の円のへりをそよがせて風が渡った　延宝八年とも七年のことであったとも諸説は紛糾した

夏の月御油より出て赤坂や

芭蕉　二

人生すべて因果の論理なれば　風狂は倒錯の論理でなければなるまい　倒錯の論理　たとえば鸚鵡が粟粒をはみあますのではない　鸚鵡の粒を粟がはみあますのだ　鳳凰が桐の枝に棲み老いるのではない　鳳凰の枝に桐が棲み老いるのだ　彼の思考は倒錯の塔をめぐって回転し　彼の意志は倒錯の頂点を目指した　思考が回転するほどに塔には鸚鵡がみのり　みのった鸚鵡の冠毛を粟の嘴がついばんだ　意志が攀じのぼるほどに頂点には鳳凰がしげり　しげった鳳凰の枝を桐のあかい爪がつかんだ　と

栗が鸚鵡の冠毛をはみあました　はみあまされた冠毛がかすかに風をおこした　風はしだいに回転の速度を加え　塔の内部を螺旋状に上昇した　頂点へと吹き抜けた

桐がおどろいて　つかんでいた鳳凰の枝をはなした　桐は風にのったか　桐の翼は吹き抜ける風にのったか　ノン　吹き抜ける風にのったのは　回転していた彼の思考　攀じのぼってきた彼の意志ではなかったか　思考は

意志は　一瞬　桐の竜骨にすがり栗の眦を通して　青い夕靄をありありと映していた　地平にうずくまる青いさびしい夕靄を

髭風ヲ吹《ふい》テ暮秋歎ズルハ誰ガ子ゾ

芭蕉　八

芭蕉を着たつもりのわたしと　わたしを着たつもりの芭蕉とが　二十年を経て奇しくも出会ったのだ　わたしを着たつもりの芭蕉は四十二歳　芭蕉を着たつもりのわたしは二十九歳　ところは近江国甲賀郡水口村《みなくち》　わたしを着たつもりの芭蕉が伊賀から京へ立ったのを　芭蕉を着たつもりのわたしが先廻りしての対面　久濶を叙して

さて顔をあげる　その先が問題だった　わたしのドッペル・ゲンゲルが芭蕉なら　芭蕉のドッペル・ゲンゲルがわたしだったから　二人は期せずして　おや　と声をあげた　芭蕉は二十年前の芭蕉におどろき　わたしは二十年後のわたしにおどろいた　二十年前の芭蕉が　和歌の奥義は年たけて又こゆべしと思ひきや　と口早に言いかけると　二十年後のわたしはわたしで　伊良胡の島の玉藻刈り食む　と同じく口早に言いかけた　そこで二人は顔を見合わせ　にっこりと相好を崩した　気がかりな問題が解決したのだった　崩れた相好が花吹雪をまねいた

さてこそうつせみのいのちを惜しまずやと二人は手を振って別れた　一人は二十年前の世界へ　一人は二十年後の世界へ

命二ツの中に活《いき》たる桜哉

芭蕉　十六

ねむりが油のようなものであることは　大脳生理学をまつまでもない　ねむりが油のように脳神経細胞を浸すとき　細胞は　油漬けの鰯のように闇の高分子となる　闇の　鰯の高分子　鰯の高分子に変化するとき　たとえば芭蕉庵の破れ障子と　たとえば新麦一斗筍三本とが等価となる　いわば新麦一斗筍三本が　障子を貼りかえるべき紙一張のあたいなのか　あるいはそうではないのか判然としなくなる　ということはつまり闇の油の高分子という変数の　さながら鰯が函数であったからではないのか　しかしこの　ではないのかを発見するためには　談林風雅五十年の末端において　団扇太鼓がにぎやかに打ち鳴らされる時刻の出現をまたねばならなかった　それが出現したとき　風雅の油の胎内におのずから浮かびあがった鰯の函数　闇の　鰯の　さながら玉露の函数　玉露の函数を舌頭に千転しながら　彼のねむりは　風雅のひだのせんさいな内側へと降りていった

御命講《おめいこ》や油のやうな酒五升

芭蕉　二十九

近江国は石山の奥　谷をくだり谷をのぼり　国分山のふとひらけた中腹に　彼は幻住老人を訪れて挨拶をした　行脚の折り折りの属目を　師走の湖のかいつぶりのおどけた潜水の仕方とか　蓑ほしげなる小猿の初しぐれをあびていよいよ目立った尻の赤さとか　くどくどしい報告を添えて挨拶をした　が　老人の姿は彼の前にはなかった　いやなかったと見るのは　知恵たけた現代人の実は浅はかさで　彼は老人の残んの幻をしかととらえていた

とらえていたからこそ　くどくどと報告をつづけたのだし　つづけるほどに幻は実在のものとなったのだし　彼は息を弾ませながら　さみだれの数百尺四方を螢のように照らし出す光堂について　象潟のほとりで出会った茘枝の濡れた果肉の風情の遊女について　くどくどと報告をつづけた　彼はほうと息をした　老人の姿はすでに

現し身のものと見分けがたく　むしろ現し身以上に凛とした気魄をときに雫のように彼の肩先にふりこぼした思い遣りのこまかな花粉なども混じえて　彼は訪れた甲斐があったと思った　居ずまいを正すと　内弟子に住みこんだ

先たのむ椎の木も有夏木立

芭蕉　四十一

元禄七年九月　彼の顱頂の凹み　肩甲骨の凹みには　透明な灰のごときものがたまっていた　ひと思いに陥没してゆけるなら　いっそひと思いに　と思うものの　身をゆだねるにはもう一つ点睛を欠いていた　寸々の腸を絞り　詞嚢を絞り　絞ることで灰のおのれに点火しようとした　想えば　鳥の朝立ちよりいそいそと名古屋へとび
　辛崎へとび　はたまた冬蕭々の芒野をとびながら　流れる光陰を切り裂いた　風切羽根の切先あつく光陰は燃えた　燃えた光陰の燃えつきた灰　無色無臭の灰の現実となったものの重さ　けだるさを　顱頂の凹み　肩甲骨の凹みに彼は感じていた　いまは立つ日もなくなり給へるくやしさとて　再び　浅葱《あさぎ》の明け雲に向かってとぶ鳥を想った　せめていくばくの浅葱の客気　客気のしずくを降りこぼしながらとぶ鳥を　顱頂の凹み　肩甲骨の凹みに記憶は疼いた　元禄七年十月　点睛の逆旅の　さながら傾きゆれる敷居をまたぎながら　とかくしてちからつきなばと思い迷い　迷いながらも灰のいのちに点火した　いまだ蕩揺として形をなさぬ十七音　形をなす保証とてあるかなきかの十七音に向かって　音もなく　よろめきながら　燃え移っていった

旅に病《やん》で夢は枯野をかけ廻る

（『芭蕉四十一篇』一九七六年笠間書院刊）

詩集〈玄猿〉から

玄猿

月が傾くと悲哀は玉となる　その玉を口に含む　身長ほどもあるしなやかな手を伸ばし　金網をゆさぶる　銀いろに烟るものが梁から梁へと狂奔する　それは狂奔し回転する一つの玉におそらく似ていた

理由は単純だった　理由は回転する玉そのものの中にある　回転する玉は絶えず吹きつける霧の中にある　絶えずところを変え　思いがけないところに出現した　燭のようにそのところを照らした　たとえば　前頭葉の奥の濡れた葉の茂みを不意に照らした　するとそこに照らし出されるもう一つの理由　もう一つの玉の幻　それは唾液に濡れたいわば陽の玉を　しのびかに引き寄せるいわば陰の玉であったかもしれない　まだ濡れていない理由　濡れていない玉に向かって金網をゆさぶる　けたたましく回転し　蜘蛛のように手を伸ばす　届かないと知ると　もういちど回転する　眦の隅からおずおずと　前頭葉のしたたる茂みをすかして見る

理由はたちまち消える　口に含んでいた玉も同時に消える　消えたのちに理由もなく消え残ったもの　消え残って銀いろに烟るひとかたまりのもの　それは同じく銀いろに烟るしなやかな手でひとかたまりのおのれをかかえる　この世にこうして存在するのがさも不思議だというように　消えた理由を抱きかかえる　唾液の出なくなった理由を　それから　霧のように　月のように　繊いかなしい叫びをあげる

椿

ひとひとりが通れるほどの薄暗い杣路　下生えの芽吹きにはまだひと月ほど早いようであったが　この停止した時間の中を　もうどれほど登ってきたのだろう　路はし

だいに細く　勾配はしだいに険しく　ふと背後にひとの気配を覚えた　と　急に眼の前が明るくにぎやかになった　溢れる陽の光の明るさ　にぎやかさではなかった　垂直に眼の前に開けた花照りの明るさ　花騒ぎのにぎやかさであった　密閉された時間の中から急に抜け出た衝撃のせいかもしれなかった　思いがけなく出現した真空地帯　樹高は二十メートル　あるいは五十メートル　あるいはそれ以上あるかもしれなかった　梢の位置がわからなかったのだから　いずれにせよ　目測は不可能であった　八百比丘尼が植えたと伝えられるのはこれだなと思った　里人は語り伝えていた　八百年も生きながらえた尼僧が　その生涯のいずれの時期にか　単身この山にきたりこもり　ひと粒の種を埋めていったのだと　歴史の薄暗いはざまから生い茂りそそり立つ　花照り　花騒ぎ　わたしは原色図鑑を頭の中でせわしくめくった　羽衣　桜司　白玉　都鳥　佗助　雪見車　光源氏　だがそれらのどの品種にも似ていなかった　卜伴　花富貴　藪かさね　不如帰　乙女　太郎冠者　大神楽　岩根絞　蝦夷錦　崑崙黒　さまざまな色彩と花型がわたしの真空地帯を通過した　ひらひらと通過するそれら一つ一つと見較べながら　見上げ　また見下し　やがておのれのうかつさに気づいたのだ　花騒ぎと映ったのは　じつはおびただしい数の鳥の羽搏きであったことに　暗褐色の翼を小刻みに打ち振りながら　宙に留まる姿勢で　花筒に嘴を刺し入れている鳥　おびただしい鳥のおびただしい羽搏き　思わず声をあげようとして　おのれのうかつさに　ふたたび気づいて愕いたのだ　どの鳥も尋常の鳥ではなかったことに　どの鳥も　さながらひとの顔をそれぞれのからだに見合うだけのさながら女の顔を着けていることに　見上げ　見下す眼の限り　どの花にも羽搏く人面の鳥　むしろ人面鳥身の霊　いやむしろ　八百比丘尼のおびただしい末裔たちの姿がそこにあった　そのとき　ふと何ものかに肩を押さえられたように思った

振り返るいとまもなく　無心に花筒に嘴を刺し入れているわたし　細い管を流れくだる戦慄　甘美な戦慄をさらに求めて上へ上へと真空地帯を舞いあがっていった　上へ上へと垂直に　いつか時間や空間の観念は消滅していた　そして下界はいつか紫色のたそがれ　紫色の夕靄

の底にいちめんにひろがる里のともし火　だが　下へ下へと通過してゆく花照り　花騒ぎの　尽きる気配はなかった

わがラ・ヴィ・アン・ローズ

島は　わたしの窓から見えたり見えなかったりした　理由は単純だった　このあたりの海岸では　暖流と寒流とが遭遇し互いにせめぎ合うので霧が立ちやすいのだ　今日も明け方から　霧は部屋をみたし　肺をみたし　あまつさえ霧の中から　突然　鉛色の波が躍り出てくるといった始末で　水平線は模糊としてなぞりようもなかった

　霧の奥に閉ざされた島でも　あるいはこちらの本土の姿が見えたり見えなかったりしただろう　見えたり見えなかったりする姿に想いあぐねて　あるいは頬杖をついていたりする人物もいるだろう　わたしとその人物との距離は　まさしく本土と島との距離であり　その距離に立ちこめる霧の容積の距離である　ときおり風向きの加減で　その人物の咳が聞こえてきたり　咽喉を細めてうたうらしいラ・ヴィ・アン・ローズの数小節が切れ切れに聞こえてきたりもした　オクターヴの取り方から判断して　どうやらそれは女性らしかったが　わたしは　窓から見えたり見えなかったりする島の　聞こえたり聞こえなかったりするラ・ヴィ・アン・ローズに　いつか注意を惹きつけられていた　しかし　霧によって隔てられた男性の本土と女性の島　という書割には何の必然性もなかった　それは逆であってもよかったのだ　注意をそこに集めているせいか　ときにはまた　その島がサナトリウムらしいという噂なども聞こえてきたりした　しかしこれも　その島にとって本土の方こそサナトリウムであってもよかったのだ　夕刻にはめずらしく霧が晴れた

　鉛色の水平線上に――おお　わがラ・ヴィ・アン・ローズ！　だが声にはならなかった　羞恥の感情に先廻りされたらしかった　思い切り声に出していたならあの島の耳にも届いていたかもしれないのに　しばらくはたゆとう波のようなわたし　波のようなわたしの眼の隅にふと暗い雲が出現した　雲は眼の隅から水平線を這うよう

にしてふくらみ　やがて窓いっぱいにひろがった　と突然　電光が走った　鍵型に走る光の裾が島をとらえた　裾の中で　島は数倍　いや数十倍に拡大した　さながら中世の壮麗な伽藍のようにも見えた　が　次の瞬間伽藍の姿は消えていた　むろんラ・ヴィ・アン・ローズの島も同時に　わたしの開き切った瞳孔のせいではなかった　電光が遠退くにつれて瞳孔も正常の形に戻ったはずだから　ただ　薔薇色に映えるひとかたまりの霧がそれのあった位置の暗いうねりの上に漂っていた

＊この詩篇は田崎秀氏の短歌〈島ひとつ心のなかに持つごとく遊ぶ思ひは人に告げなく〉（歌集『大洗』）へのオマージュである。

経験

或る合金の質量を測定すること　それがその日のわたしに与えられた課題であった　わたしは理工系の学生であった　窓からは南国の風が吹きこんでいた　風は　彩度の高いくれないを盛りあげる鳳凰木の　その梢のあたりから吹き起こっていた　わたしは窓を閉ざし　ガラスの函の扉を開いた　函には一台の天秤が納められていた天秤はコンクリート製の台によって　台は同じくコンクリート製の脚《きやく》　脚は　木の床を貫き　さらに地下数メートルに達する同じくコンクリート製の柱によって支えられていた　すべての構造が　天秤の精巧な恒常性　繊細な安定性を支えるべく　わずかな偶然の外力をも閉めだすべく設計されていた　わたしは天秤の針が正確にゼロを指しているかどうかを　幾度も観察し修正した　窓から差しこむ光の角度　光が針に対してつくる影の角度それらをもむろん考慮に入れながら　わたしはピンセットで資料をつまみ一方の皿にのせる　杆《おさ》がかしぎ　針はゼロを離れる　わたしはピンセットで分銅をつまみもう一方の皿にのせる　杆は水平に近づき　針がゼロに近づく　分銅をもう一枚のせる　さらに近づく　もう一枚こんどはゼロを通り越し　逆に離れる　分銅を取り替える　近似値を記録する　同じ操作をはじめからくり返す　わずかにずれる　もう一度　やはりずれる　もう一度

――こうして作成される近似値の表　わたしは函の扉を閉ざし窓を開く　鳳凰木の花の梢を見あげる　彩度の高い風を吸いこむ　測定に使用した分銅の　こんどは精度測定に入る　すなわち針をゼロに近づけること　近似値を記録すること　ふたたび作成されるであろう近似値の表のこと　予め遮断されねばならない風のこと　恒常性と安定性　同じ操作をふたたびくり返しながら　近似値について　絶対値について　近似値が絶対値に近づける可能性について　わたしはわたし自身の限界に手痛く打ちのめされた　だがそのときだったろうか　打ちのめされたわたしの眼が　ふと　とらえたのは　鳳凰木の彩度の高い花の梢の上　立ちはだかる積乱雲のさらにひろがる巨大な頭部のさらに上　ほとんど宇宙空間と言ってもよいあたりに　ガラスの皿を両側に垂れた天秤が一台正確に平衡を保っている光景であった　さんぜんとわたしを射て　わたしをしばらくは盲目ならしめた天秤の平衡　わたしをして　思わず不信心の膝を折らしめたその平衡――わたしは呼吸を鎮めると　もう一組の分銅の精度測定に入った

＊この詩篇の動機は芥川龍之介『或阿呆の一生』の短章「先生」から得た。

魚

丘には朝から雷鳴がとどろき　朝からあつい夕陽が射していた　頂上の部分をのぞいて　丘は赤茶けた岩山であった　岩山を取り囲んで半裸の群衆がさざめき　ふれ合う腰布のようにさざめき　さざめきは雷鳴に和して宇宙を巨大な響鳴箱に変えていた　響鳴箱の中で　沈黙の岩山もさざめく群衆も　背のびをし　おびただしい汗を噴いた　汗は朝からの夕陽にけむり　空気を塩からく湿らせた　いま　頂上に立つ一本の木に一尾の魚が懸けられた　常緑樹のように見える木は　その目的のために一本だけ伐りのこされていたのだろう　赤茶けた岩をつらぬき　礫層や粘土層をつらぬいて　根は　多分　地殻をつかんでいた　その根に支えられながら　いつの時代から

立っていたのだろうか　木は　一つの時代から次の時代へと移る変り目には　必ずそこに一尾の魚が懸けられたという　木は痛みの幹を　枝を　母のようにふるわせたという　しかし　岩山から見わたせる限りのその地方には　魚を飼うに足るオアシスどころか　わずかな水溜りさえ発見できなかった　どこから魚がこの地方に運ばれたかは措くとして　おそらくは巨大な響鳴箱の中で　そこに充満する塩からい水蒸気を呼吸しながら生きていたのだろう　とすれば　それは肺魚の一種だったのかもしれないし　イクテオサウルスと呼ばれる魚竜の一種だったのかもしれない　ともかく　懸けられるためにのみ生きていた魚　そういう魚がいたということは事実らしい

　いままた　一つの時代の変り目にさしかかって　その木に一尾の魚が懸けられた　岩山をめぐって雷鳴がとどろき　群衆のさざめきがひときわ高く響鳴した　朝からの夕陽がひときわあつく赤く血のように濁った　一つの時代が釘付けられるように　そこに釘付けられた魚　尾部から起こった痙攣が頭部に達してそのまま魚はうごかなくなった　瞼のないうるんだ眼に　赤茶けた雲があつい影を落して過ぎた　一切はあつい影のように過ぎた

（『玄猿』一九七九年沖積舎刊）

詩集〈今様雑歌〉から

その一

舞へ舞へ蝸牛《かたつぶり》
舞はぬものならば
いざ　舞わぬものならば　と
まるで独楽でもまわすように
――太陽でもまわすように

鼓に囃
袖に玉
思えば
後白河院は太陽だった
四季につけて折を嫌はず、昼は終日《ひねもす》に謡ひ暮し、
夜は終夜《よもすがら》謡ひ明かさぬ夜は無かりき。

御簾かかげ
髫ゆらゆら
玉ゆらゆら
もはらなるゆらゆらの門《と》を　舟もあれな
鳥舟　浮舟　舟遊女　いざ舞わぬものならば
馬の子や牛の子に
蹴《く》ゑさせてん
踏み破《わ》らせてん
あまねく光をわざうたに
ついにはのどを潰して独楽となるか
鞭打たれてまわる
太陽の独楽

鞭はまといつく
まなこを据える間もあらばこそ
足首に
花の苑まで遊ばせん　と

その九

おもひ切れとは
身のままか
誰かは切らん
恋のみち
な乱れそのみち　塩ひるみち　月夜のからすの啼いて飛
　ぶみち
おもい切れとは　のう
あやめ殿、かれうびんがの御声にて、当世はやりけるり
　うたつぶしと思敷て、ぎんじ給ひけるは
慶長の頃
日に日に回転の速度を加える政争の渦
その渦の外側に形成されつつあった　もう一つの渦
泉州堺は顕本寺の自在庵に冬を迎え　最晩年の日々を過
　していた
高三《たかさぶ》隆達
おもい切れとは　のう

舌頭千転の小歌
ためつすがめつ千転するほどに
いつか　かりょうびんがの苑に遊んでいた
苑の汀に鞠躬如として迎える人物があった
絹の長衣に貝のボタン
だが　顔がなかった
眼も鼻も　僅かな起伏をのっぺりと留めるばかりで
現代ならさしずめ　自己同一性喪失とか何とか　あらぬ
　レッテルを貼られるところであろうが
それが満月のかがやきを放っていたのだ
円満具足の満月
遠祖劉清徳のドッペル・ゲンゲル
彼は　おのれの漏斗をしたたるいのちの時間の　刻々繁
　くなるのを覚えた
刻々接近してゆく二つの渦
こころ急く小歌の　てにをは　を
これが末期の露ででもあるかのように
舌頭に

誰かは切らん
恋のみち
引かばなびけの枯野のみち
うはの空なる月もなつかし

＊〈絹の長衣に……〉以下の数行は、ヘンリー・ジェイムズの短篇『なつかしの街角』へのアリュージョンである。

その十二

尺八の
ひとよぎりこそ
音もよけれ
そこなる普化衆は
どこの武者《むさ》
千夜ももよでも
足りぬのに
ひとよの契り

ひとよぎり
流されるってば
流される
早瀬　激つ瀬

尺八の
ひとよぎりこそ
音もよけれ
思ひのあまりの
占あはせ
鳥占　辻占
すげなの占や
うわのそらなる
ひとよぎり
流されるってば
流される
早瀬　激つ瀬

（『今様雑歌』一九八〇年書肆季節社刊）

詩集〈範疇論〉から

渾天説

後漢は張衡の著『渾天儀』によれば　天は卵殻　地は卵黄　卵黄は水に浮かんでいると言う　それは古代中国の伝説的な天体観であるのだが　おそらくは宇宙を巨大な子宮と見て　とすれば地球は当然　渺々たる羊水に漂う一個の受精卵のはずで　とはしかし　いたずらに詩的な当世風の類推にすぎない　現実には渺々とひろがる黄土の起伏があるばかりで　起伏を這うわずかな風があるばかりで　いましがた　豆　水　天測儀を鞍に着けて出立した馬が点となり　起伏の彼方に没した　卵殻の内側を遙かに横切る黒い太陽　横切る太陽に照応して　渺々たる起伏をひとすじ横切るもう一つの太陽がなければならなかったし　しんじつなければならぬと　ならぬはずなのだと　鈴を振り鳴らしながら横切っていった馬　鈴は遙かな起伏の彼方で遙かなもう一頭の馬に手渡されるのであろう　抽象の点となり　あまつさえ線となり　あるかなきかに黒い太陽　あるかなきかに伸びてゆく人類の黄道　黄道はついに地殻を浮かべる水に達したか　浮かぶ地殻の四方の地平から盛りあがり溢れる水の幻を張衡は見たか　『渾天儀』にその記録はない

小林恒吉作「流月を渡る」

この風景には見覚えがある　枯れ残った蒲の穂　浮萍河骨とおぼしき白い花が二三輪　闇に溶けてしだいに輪廓を失ってゆくものたちの間を　唐突に　月とおぼしき光が射してくる　片鎌の輪を幾つもつなぎ　四曲半双の向かって左から二枚目　片袖のほぼまん中を垂直に

この風景には見覚えがある　垂直に冬に向かう水辺の片袖の笑い　あれは　いち早く姿を隠したアシカビヒコジの悪意かもしれぬ　殺意かもしれぬ　揺れる片鎌の笑い　冷え冷えと　あんなに笑わなくてもよいのに　誰も見

ていはしないのに――画家の眼をのぞいては
この風景には見覚えがある　鉤の眼が引き寄せてくれる
生命の原形質　窒素化合物の星雲　暗緑の星雲はいま旋
回を速める　河骨となって発《ひら》く　音の輪を拡げる　冷気
の中に　月とおぼしき夢の中に　しかし夢は中有に似て
暗い

この風景には見覚えがある　時間の暗い輪がまた一つ拡
がる　また一つ水鶏のかげ　横切る繊い脚の動き　すべ
てはかげのように　四曲半双の向かって右から左へとほ
ぼ真一文字に　片袖の笑いを振りきりながら　垂直の神
の輪を截る

梅花忌

福岡市西区梅林二四二番地の三二号　これが住所だが
わたしの杜撰な地誌の上では　そのひとの生前の住所と
いうにとどまらない　万葉時代後期のはじめをいろどる
詩的想像力　大陸渡来の想像力の在所でもあった　在所
はかつて宴となって発《ひら》き　管絃となって響いた　筑紫の
空にふくいくたる帳をめぐらした　帳に記された三十二
首の中の　たとえば次の一首　わが苑に梅の花散るひさ
かたの天より雪の流れたるかも　すなわち　雪とも梅の
花ともつかぬ光に忽ちにして包みこまれる　そのひとの
亡骸

福岡市西区梅林二四二番地の三二号　書簡や電報の類い
なら　まちがいなく届くはずの宛先だが　そうすること
が何故かわたしには躊躇われた　死者の亡骸は遺族のも
のであるからか　亡骸への悲嘆は先ず遺族が私有すべき
ものであるからか　あるいはそうかもしれない　かもし
れないとすれば　これはあるいは　未開の聖餐式にまで
さかのぼりうるであろう遺産相続の問題である　夜明け
の激湍をわたり　意識の懸崖を攀じ　かつて神の肉の一
片を要求したように　薄桃いろの悲嘆の一片を主張する
権利はわたしにない

福岡市西区梅林二四二番地の三二号　わたしの生が　つまりはそのひとの死が中絶されない限り　そのひとにはかなわぬ梅の盛りにわたしは逢うだろう　詩に傾けたそのひとの情熱のためにグラスを傾けるだろう　グラスの底に　ときに幻の梅林が浮かぶかもしれない　流れる雪のように　ではないまでも　ときじくの霜が降りたように　多分そのとき　霜の林を通して死者の国が見えてくる　死者の国を閉ざす多分千引の岩が見えてくる　一期一会のえにしについて　はじめてそのとき納得する　わたしも　そして——死者自身も

＊境忠一氏は、一九七八年の早春、水戸の陋屋に来訪され、新詩誌への協力を求められた。が、実現を見ないまま、その十ヶ月後に世を去った。

鞠躬

クリスマスだからと言って　グッド・ウィッシズを印刷して配る習慣はわたしにない　だから印刷されたグッド・ウィッシズがわたしに配達されることもなかった　クリスマスを過ぎて茫々と二日目　手をこまぬいて庭の山茶花を眺めている　霜に無惨に変色した山茶花　こうなると花片を可憐に散らすこともない　枝先に付着したまま　白から銹色へ　銹色からさらに黝んでゆく花骸　あの花骸もまたわたしと同じように　手をこまぬいて無機質化の時間を堪えているのだろうか　そして茫々と三日目　眼を机に戻すと届くはずのない言葉が届いていたのだった　二つ折りの開いて右側には横文字のグッド・ウィッシズ　左側には現代中国語の詩篇　詩篇の終行は直到再相見！　すなわち幾度か首をひねりながら　直ちに到りて再び相見《まみ》えん！か　だが　行を追うわたしの眼が釘付けにされたのは　いまは面輪もおそらくはおぼろなひとりの教え子へのグッド・ウィッシズではない　読みあぐねた詩篇の終行でもむろんない　さらにその下に印

刷されてあった言葉　長い間うかつにも取り落していたものを　取り落していた大切なもののあったことを　わたしはにわかに想い出させられたのだ　おそらくは忍従の歴史と知恵が生んだのであろうその言葉――中華民国台湾省台北市南京東路三段三〇三巷七弄一号三楼から空路　東支那海の黄濁の水をこえ那覇にかかる薄い雲をこえて　日本列島のひと隅の冬の机に届けられてきた言葉　鞠躬　ああ　山茶花の銹びた花骸もこのわたしも問うところではない　歳晩に向かって　さながらなだれてゆく茫々無量の時間を　弾む毬に変え　張棟蘭　鞠躬と

アシャンテイ族の母子坐像

母は右腕をほぼ直角に曲げておのれの左の乳房を摑んでいる　左腕はゆるやかに伸びて嬰児の頭を支えている　頭を支えられながら両膝の上に寝かされた嬰児　しかし母の眼は必ずしも嬰児を見ていない　膝の上の嬰児を越え　はるかに嬰児と平行して伸びているはずのはるかな灼熱の地平に注がれているらしい　現実の行為としての授乳をか　もしくは授乳になぞらえた儀式をか　さらにもしくは儀式の招く豊饒への切ない期待をか　その制作の動機は知るすべもないが　母の首や胸　腰や両の臑《すね》の描く垂直の線　垂直の線とほぼ直角に交叉する姿に寝かされた嬰児　垂直の母と水平の嬰児

母の鼻梁　肘　指　乳首　そして嬰児の唇に軽く　ごく軽く刷かれた金粉　刷かれながら生命の突出部を何がしか強調する趣きのそれは　そこに包みこまれることによって逆に実体化された闇を　アフリカ西部奥地の限りない闇の拡がりを実感させるだろう　だが　それを実感させるとそう思うのは　黒い肌を幸か不幸かまとわぬ者の偏見かも知れぬ　肌の黒い奥地の芸術家にとって　黒い母子像を刻むことは　劫初より降り積もりながら豊かな土壌に変じた光　その無量の光をこそそこに刻みこむ営みであったかも知れぬ

キリスト再臨の期待は一片の伝説と化して久しいが　いつの日にか期待の奇蹟の起こることがもしあるとして起こることの可能性をもし僅かにでも信じるとすれば垂直の母が徐々に傾《かし》いで――天体が傾ぐように　水平の嬰児が徐々に起きあがって――地平が起きあがるように
　かくして座標の変換が成就するときであろう　肌の黒いキリストがそのとき垂直に立つ　限りなく拡がる光の土壌を背景に　あくまでも黒いそのキリスト！

（『範疇論』一九八二年沖積舎刊）

詩集〈落毛鈔〉から

螢

林の闇を抜けると
ほの白く浮かびあがるいつもの沢
故意に見ないようにして
水音に　一歩一歩　近づいてゆく
そうしたわたしにお構いなく
早くも　ついと流れるひかり
いつもの螢だ

あれが　あなたの
からだからあくがれ出た玉だとは
詩的表現の上では可能でも
現実にありうることだろうか

やむなく　流れるひかりを眼で追う

ひかりはたゆたい　走り
いざなうように旋回し
明滅をつづけて
遠離る気配もない

あれがあなたの
殊に　潤いのある場所に孵ったとするなら
その場所が　もし　この沢だとするなら
思考も　からだも
ほの白いひかりの方へ
引き寄せられる思いがした

不惑を越えて十一回目の夏
ずぶ濡れになって
沢から這いあがった　わたしは
あやしく発光していた

フィナール詩展第一回

幾何学的な東京の
幾何学的な闇
ここに集ひつかまつるは
ツナ
テツ
クニ
ヤス
………
以上　男鬼
トリ
テル
エフ
タカ
………
以上　女鬼
〆めて二十四匹
閻魔大王に忠義たてまつらむ証と

めいめいほほづき一ケ咥へはべり
叛意いささかもこれなき旨くだんのごとく
誓ひはべりそろ

髪

思いの葉*にむすぶひかり
ひかりは雫となり
したたる
読みさしの物語の上に
億光年のかなたからのように
かなたからのようにランプの
傘にまつわるけむり
けむりは思いの鳥となり
まいあがる
神のみわざの裾に

みわざのふしぎ
みわざのあや
あなたの腕のうぶ毛のひかりでさえ
あなたのけむる髪の夢でさえ

＊会田千衣子詩集タイトル。

断簡A

《言葉と息でつくるのは
かたちなきもののはじまりのかたち》
と大岡信はうたったが
どんな言葉と息がわたしにあったか
敵襲に備えた塹壕に払暁の風をわたしの言葉は呼び入れたか
デモの下敷になって死んだ少女にわたしの息は注ぎこまれたか

日に二十本の言葉と息の紙巻を灰にし
年に七千三百本のそれを灰にし
十年で七万三千本
二十年では十四万六千本
かくしてざっと二十九万二千本分の言葉と息を灰にして
明日は還暦とか

爪の月などとうに消えてしまった指で
灰の上に　性懲りもなく
詩らしきもののかたちをなぞっている
フェニックスの影らしきものがそこから
不意に飛び立ちはせぬかと

砂の思想

わたしの中でいつからか姿を消してしまった
ロプノール　多分そのためだろう
東から西へ　南から北へ
せわしなく移動する鳥の群
何はさて措き彼らの後を追わねばならない

もしも　僅かに緑を添える蕁麻《いらくさ》でもあれば
地下にせせらぎを響かせているであろう伏流を
その水脈の暗い曲折を想像できる
が　灼けつく光と赤茶けた石ばかりで
鳥の糞一つ落ちていない

考えてもみよ　実体が影をともなわぬ世界だ
朝　砂から出立し　夜　砂に沈む
砂の太陽だなんて大それた――
あらゆる影は蒸発して気配も留めない
まして比喩の影などは

ただ　伏流が再び噴き出るかも知れない
わたしの地表　その万が一の地点を卜し
一夜の天幕を張ること　その後はもう
言わずと知れたこと　襟首のあたりから

蕁麻が萌え出る夢を見る

（『落毛鈔』一九八五年国文社刊）

詩集〈城その他〉から

城

1

地殻変動のために水没した城の話は　くすんだ古い土地柄であればおよそどこの地方にも伝えられている　わたしが訪れた山岳地帯のとあるささやかな　翳の深い盆地で耳にした話も　それ自体では特に異とするところはなかった　城とともに水没した白晰の貴公子の悲運を考慮に入れても　およそ汎人類的な神話類型をくすんだ変種ほどにも出るものではなかった　ただ　わたしがひそかに瞠ったのは　語り手の微妙にうごく肌の色だ　話が曲折する箇所に差しかかると　鞣革のような肌に　決って蓬色の翳がふっと刷かれたことだ　そのときになってようやく気づいたのだが　この山間の土質が何ほどか適しているせいかいたるところに蓬がはびこり　そう言えば崩れた土塁の凹み　腐った萱葺の切妻の隙間からも羽状裏白のくすんだ色を翻していた　それは幾十世代に亘っ

て住みついているひとびとの　その情念のふとした齟齬の石　また挫折の懸崖を覆ってはびこり　当然ひとびとの五臓六腑までもくすんだ色に染めあげていただろう語り手の肌にふっと刷かれた翳は　とすれば肌の裏　鞣革のような話の裏から投射されたものでなければならなかったし　そこに蹲る或るものの　すくなくとも身じろぎの徴候でなければならなかった　四方を険しい地殻に閉ざされながら　忌むべき血族結婚を累々とくり返さざるをえなかったひとびとの　とすればそれは何であったか　曲折を重ね　徴候が重なるたびに蓬色の翳はいっそう深くなり　部落を　部落の土塁　石　馬　切妻　また懸崖を徐々に浸していった　もはや帰納的な類推は無用であった　それが何であれ　身じろぎする或るものの実在を疑うわけにはゆかなかった　いつからか口を噤んだままの語り手　むしろ時間が停止したかと思えたとき頭上の擂鉢型に開けた空が不意に明るくなった　明るくではない　激しい夕映がはじまっていたのだ　多分　水面には最後の望楼が覗き　羽状裏白の焔となり　焔の華奢な指となってしばらくそよいでいたのであろう　がそれも束の間　悲運に蹲る貴公子とともに水没した城は水没することによって一本の蓬と化した　もしくは蓬と化することによって羽状裏白の気圏のごときものを形成し　盆地を　盆地に住むひとびとを包みこんだのであったろう　父祖累代　くすんだ鉢の中でかつがつにあぎといながら　彼方の開けた地平へと逃散を企てるものはなかった　盆地自体がすでに夏の残《のこ》んの夕映の中で　一瞬　激しい望楼もろとも　その姿を取り戻す城であった

城
3

男は長大な石材に向かって日がな一日おのれのリズムを数えながら鑿を揮う　それからひと握りのパンとチーズ
　ひと盛りの野草のサラダ　それだけの食事をそれでもゆっくりと摂り終えるとランプに灯を入れ　ふたたび鑿を揮う　冬は擦り切れた羅紗をまとい夏は無造作に脱ぎ棄てる　それだけの生活のしらじらとした反復の内に再び冬を迎えたとき　おのれを軸として　黙々と立ちはた

らくものの影があることに気づいた　ドッペル・ゲンゲルかと怪しんだが　ドッペル・ゲンゲルにしてはどの影もくっきりと濃い　それぞれが同じように羅紗をまとい同じようにおのれのリズムを数えながら　鑿を揮ってい る　男の削げた頰に血の色が射した　鑿を揮う音に弾みがついて幾月かが過ぎた　と　不意に舌打をし　呟く　いっせいに振り向く影の男たちや女たち　前脚かと見えるものがすでに後脚と見えるものよりもかなり大きく刻み出されていて　どうやら四足獣　それもどうやらブロントサウルスと見えるはずのものを彫るつもりであったのが　いかなる想像力の手違いからか　ブラキオサウルスに似てしまったのだ　まあいいさ　ブロントサウルスなら二十五メートル　ブラキオサウルスなら三十五メートル　そのしらじらとした体長まで再現するつもりは当初からなかったし　それだけの石材を切り出せるわけがないのだから　一方はアメリカ　他方はユーラシア大陸の違いはあれ　この冷却に向かう同じ惑星の上を同じように雄大緩慢に歩いていた仲間だから　雷竜にせよ腕竜にせよ　どちらも柱の一本として役立つことに　なるほど違いはなかった　それぞれがおのれのリズムを数えながら　いつか　影の男のひとりはサウロロフス　つまり歯が退化しかけた鴨嘴竜を　影の女のひとりは裸子植物それも複雑に曲りくねった木性羊歯を　どちらも　これまた梁の一本として組みこめるだろう　男は　いや男を軸とする影の集団はささやかな城を一つ造ろうとしていたのだった　地層の複雑な褶曲のためか　断層がいたるところに伏在するこの地方のしらじらとした地平から

夜空に向けて円錐状に　むしろ螺旋状に立ちあがる城を　そして疾うに絶滅したか　絶滅しないまでも進化の著しい種に抗し切れずかつがつに生をつないでいるにすぎぬものたち　彼らは　底面に近く緊密に組みこまれて上部構造の重量を支える　さすれば　螺旋状の先端が彼らの冷たい汗を動力として　いずれ螺旋運動を起すこともあるだろう　とある星座に向けて　ではなくて　宇宙のリズムを支配する或る確かな存在に向けて　そのとき揉みこまれながら白熱する錐　錐を支えて雷竜　腕竜鴨嘴竜　木性羊歯　かすかに熱を帯びてゆくおのれのリズムをそれぞれに数えながら　ふと　彼らの生が贖わ

れる

城 9

あわやと思ったときにはもはや引き返すすべはなかった

　天から切って落されたような鉄柵によってすでに背後は塞がれていた　古老の口伝を金科玉条としていたのがいかにもうかつだったのだろう　かつて存在し　いまでも気流の加減で忽然と姿をあらわすことがあるという黄金の城　その城の蜜の磁力圏内にいよいよ足を踏み入れたかと思えたとき　同時に全く異次元の世界へとうかつにも踏みこんでいたのだろう　鉄柵と映ったものは　驚愕の瞬間のなせるわざで　実は禾本科の異常なほどに成長した茎の一本一本であることにほどなく気づいたからだ　背後だけではない　正面にも　むろん左右にも　亭亭としてそそり立つ茎　茎の柵　あまつさえ一本一本が目路遥かな高みへと尖塔のようになおも成長を止めようとしない　気流が変るたびに　ゆらり　またゆらり　緑の地軸をすら揺するのだ　キリギリスかカマキリか　もしも先端に縋りついているものがあるとして　一瞬　下界を見おろすことがあるとしたら　罌粟粒ほどの黒い点

　それがわたしだろう　いや　揺れる地軸の延長線上に縋りついておれば　揺れる速度は地上のブランコの数百倍　いや数万倍か　忽ちわたしは消えてしまう　そのときはたと静止する茎　気流がその茫洋たるけもののような身をひそめたからであろう　するとむすうの茎のむすうの先端は蜜の磁力に引寄せられるかのようにざわざわと蝟集し　なおも一点を目指して伸びあがる気配なのだが　さながら鋭い一点に支えられるようにして　見れば黒い円盤　茎の柵に遮られ　爾来　所在の明らかでなかった太陽である　直観はさいわい外れていなかった　つまり鋭い兇器によって刺し貫かれながらそこに磔られながら　しだいに冷えてゆく運命に堪えているものがそこにあった　気のせいではあるまいと思いながらもひどく気になる限りなく優しいものを　おのれの直観を透かし見た　四肢は四本の輻《や》に縛められたまま　円盤の回転とともに回転しているらしい　鍵型の傷からは間欠的に黄

金の焰を噴き出しているらしい　間欠的な蝟集と拡散静止と噴出との照応　ゆくりなくも成立したその逆説的な照応　そのとき　天の一角とおぼしきあたりから降ってくる声があった　聞きおぼえのある古老の声　ここが城だ　茎を措いて城はない　茎の一本へとやがて汝も変容し　鋭い先端をもてかの者の脇腹を刺し貫かねばならぬ　いいな　蜜の運命を甘受せよ

城 10

虫喰いだらけの　いかにも年代物らしい羊皮紙をふとした機会に入手したことが　地の果に僅かに覗いている灰色の頂きへとわたしを向かわせたのだ　一歩一歩と辿ってゆくのだが近づいているのか遠離っているのか　一歩一歩であるから　地の臍と呼ばれる山塊の全容は容易に見えてこなかった　身体を丸めるようにして蹲っているはずの花崗岩の山塊　わたしは少々不安になる　月蝕の時刻までに果して到達できるかどうか　到達できなければ　生涯に二度と機会はめぐってこないだろう　あたりは背丈ほどの灰色の岩によってるいるいと埋めつくされている　そこまでは羊皮紙を解読した通りであるが　一つ一つが風化し変形した悲痛な兵俑のようにも見えるのだ　るいるいたる岩の密集軍団　それが虫に喰われた欠損部分の意味か　それとも喰い破った虫の知らせか　笑止な語呂合わせのゆとりはなかった　押し潰されまい呑みこまれまいと構えながら　冷え冷えとした間隙を縫い一歩一歩と辿りながら　ふたたび笑止な虫の知らせがあって目をあげると　鼻先に　唐突に全容があった　むろんおおかたは闇に没して　闇より僅かに黒い輪郭が辛うじて辿れるだけで　頂きが僅かに昏れ残り　昏れ残って棚引いていた　もうしばらくの歩行で輪郭の端にさわれるだろう　手を伸ばせば　やがてはじまる月蝕のその欠損してゆく肉体の端にもさわれるだろう　それが欠損部分の解読にもつながるはずだ　としかくそのように思いながら身体を丸めたとき　闇の中で何かが飛んだ　緊張に堪え切れなくてわたしの中から跳ね出た虫であろうか　月蝕がはじまっていたのだ　糸ほどの端緒からしだ

いに拡大してゆく花崗岩のような蝕　同時にしだいに補
綴されてゆくらしい時間の穴　そして蝕が半円を覆った
ときである　頂きに針のような光が屹立し　頂きをめぐ
ってかすかな嘶きが湧き起こった　どちらも蹲っていた
ものがにわかに起きあがった形だが　そしてそれ自体で
は序の口にすぎなかったのだが　光の針の方はみるみる
内に錐となり柱となり　嘶きの方は潮騒となり叫喚とな
った　煌々たる柱　どよめく暗い軍団の存在をもはや疑
うわけにはゆかなかった　生涯に一度限りの機会であっ
た　棚引くように手を伸ばすと柱の悲痛な肉体にさわっ
た　とたんに硬直する指　手首　また喉　蝕が全円を覆
うとき　柱は当然ながら塔となるだろう　いや　絶対零
度の城となるだろう　硬直してゆく喉の奥で　わたしは
羊皮紙の謎が完全に解読できたことの恍惚を感じていた
　虫はひたと鳴りをひそめた　やがて蝕は回復するだろ
う　すべてはふたたび発端へと立ち帰って全円の月があ
たりを照らしはじめる　そよとも動かぬ軍団に　兵俑が
一つ　忽然と殖えている

（『城その他』一九八七年思潮社刊）

詩集〈Quo Vadis?〉から

世紀末の夜

A

お元気ですか
無沙汰のあげく藪から棒に
いや　きみとの間だから目溢《めこぼし》いただいて
もし空いていたら世紀末のこの旬日ほどを
ほかでもない　きみの　落葉松ばやしの中の
山荘の件だ

女性の同伴者などいるわけがない
ザックをかついでの単独行　七竈《ななかまど》の実をむしったり
自分の齢を考えろ　だって　生憎
手と腕だけは労働者なみだよ
太腿ほどのやつを割る

斧だって揮える

そいつを暖炉に放りこむ
竜があばれるような炎をつくるんだ
顔の片面を焙りながら　秋の
じゃなかった　世紀の闌ける気配を聞く
それからヴォリューム一杯にレコードをかける
ラヴ・イズ・ゴールド

ラヴ・イズ・トラッシュばやりの昨今
感傷があばれ出したところで詩を書く　二十世紀への
　エレジーを
じゃなかった　レコードもランプも切って
窓を開ける　世紀末にしては冴えた夜空
落葉松に霧氷はまだ早くても　霜がひかり
むすうの涙のように可憐な星

B

神を信じるか否かといった議論のあと
ポルトガルはマディラ島産のバーベイト・ワイン
グラスを透かして上澄を傾ける
かすかな悔いのようなものを舌に転《まろ》ばせる
馬刀貝《まてがい》のバター炒めを少々つまみに
細かな澱の浮き沈みするさまを——

壜内熟成のこくは抜群
議論が議論であっただけに酔いも早かった
と　不意に襲う鈍痛　その鈍痛を飲みくだす
あの方の脇腹に　呑口《のみぐち》を開けたのはわたしだった　と

モルト・フーユ

A

久し振りにモルト・フーユのメロディのような
気分で街を歩く　大工町の
一弘堂から泉町の川又書店へ　それから
南町の鶴屋へ　枯葉になり切ったみたいに
目当ての本なんかわたしにあるわけもないから
一寸と開いて　目次を見て　棚へ

何も考えることがない　というのはよい気分だ
よい気分のついでにこれも　装幀が今様すぎると
棚へ戻しかけて　ふと《最悪のウツ状態で》
というフレーズに引っ掛かる
『虹の喜劇《コメディ》』*を小脇にしてはみたものの　さて
珈琲を注文しておいて　開く
《天皇よ……おれたちのグレート・マザーについて
……こっそりとでいい　教えてもらいたいものだ》
これでは刺激過剰というものだ　空っぽでよい気分のと
　きには
閉ざして紙袋に仕舞う
追いかけてくるリック・ウェイクマンとやらのプログレ
　ッシヴ・ロック
ふたたび枯葉のような気分で街を歩く
るんるんのおじんがいたっていいだろう
そんな　枯葉にあるまじき自己主張がかすかに掠める
彼方にひとはけの巻毛の雲

*飯島耕一の詩集。

B——小林恒吉画伯に

熱燗いっぽん
と言うなり彼は
ツイードの翼をばたばたさせた

涙を数滴　黙って
冷やでわたしは出した

捨て科白とともに　ぷい
と飛び立っていったが
それっ切り
姿を見せなかった

ブラックホールを抱えたまま
かがやきを増してくる
白鳥座
今夜も　冷やで　黙って
わたしは差し出す

Delicate Barricade*
茄子や胡瓜に割箸を突き刺して足にする
皮を剝《む》いたばかりの玉蜀黍にも足をつくる

三頭の馬のできあがり　自力では歩けない馬
年に一度訪れてくる魂たちが　帰路の
長旅に利用するのだ　彼らが跨ると
ぽくぽく　蹄の音を立てるのだろう

いや　空気を踏んで帰るはずだから　風の戦ぎ
としか聞こえぬだろう　耳を敧てても
なら往路は何に乗って　鳥船？　磐樟船《いわくすぶね》？

せいぜい蛾の背中にでもしがみついて
その方が彼らに似合う　中には銃弾に脚を
撃ち抜かれたもの　手榴弾を抱いて爆ぜたもの

魂だから　おのずから具わった治癒力がある
に違いない　そう信じて生者はみずからを慰める
来訪は生者の安堵のため　むしろ鎮魂のため

橙色をたなびかせて　ようやく薄れる夕映

茗荷の繁った葉むらが風もないのに揺れている
あれは蝙蝠《かわほり》　ではない　雀蛾の飛び交う影

*酒井次男の歌、《うつそみのいよいよ酷《むご》きあけくれに歌こそわれのDELICATE BARRICADE》による。

詩人の来訪

《戦いと飢えで死ぬ人間がいる間は》*
と言いさして　じろりと一瞥を呉れたように思った
あわてて顔をあげるが　ウィスキー・ボトルを片手に
彼がさっさとこの世を辞去してから五年は経つ

『音楽』はいい　絶対にいい　支倉隆子って
どんなひと？　最後まで推すつもりですが
受話器の底から思いがけなくソフトな声
これも　十四年前のことだった

始末が悪いのだ　ペンを握って習い性となった
筆圧の上にも筆圧を加え　幽玄とかいうやつに
髪の毛の差　あわや言葉が届きそうになったときだ
不意打ちのような彼の来訪　二度しか会っていないのに

秋咲きの薔薇を見ての帰り路　にわかに雲の動きが
怪しくなって　まだ四時前だというのに暗くなってきて
足を早めたときだった　裂け目からひと筋の白刃《しらは》のような光
《おれは絶対風雅の道をゆかぬ》*

*中桐雅夫のソネット「やせた心」（詩集『会社の人事』）。

五月

わたしの上に大きな夜がひろがる
わたしの中にも徐々に翼をひろげる夜
夜の一部　その領土の一部となって歩いてゆく

世界の縁は懸崖　鋭く切れこんで
何も見えない　見えるはずもない
遙かに這いあがってくる水の響きだけで

その響きの縁を爪先伝いに　両手をひろげ
歩いてゆくほかに方途はない　わたしの中にも
爪先伝いに　後姿のドッペル・ゲンゲル

こうした一切を支えて一本の幹があるのだろう
小刻みに震えている巨大な幹
夜について考えよう　領土について考えよう

思い出したようにポケット・ウィスキーをひと口
ドッペル・ゲンゲルが消え　懸崖が消える
もうひと口　と　朝の世界　菖蒲の匂いが漂っていて

ロールシャッハ・テスト

A

いかにも峨々たる人工の岩の蔭に
雄のライオン　眉間に皺なんか寄せて
ふさふさした灰色の鬣が煩わしいからか
とき折り首まで揺すぶって見せて

迫力があるじゃん　とハイティーンのアヴェック
立派だねえ　と水筒をぶら下げた老人夫婦
よし俺も　とナイロビ駐在が内定したばかりの商社マン
何が俺もか　とこれは長髪の文学青年

かつては最も不味い餌にすぎなかっただろう
ホモ・サピエンスに　始終じろじろ
これでは鬱になることだってあるだろう
またひと振り　鬱の鬣を振り解《ほど》こうとして

が　彼には知る由もない　おのれの鬣が
思わず黄金色の暈をまとってしまうことを
その一瞬の壮麗さに溜息をつくホモ・サピエンス
むろん　彼らにはまた知る由もないのだ

最も破壊的な行為へと跳躍させるのが
鬱の灰色の爆薬であることを　苟且にも
だから近づいてはならない　鬱の時代の
神にこそふさわしい暈　真昼の金環蝕には

B

スクリーンの上では
二頭のライオンが
じゃれ合っているのか啀み合ってるのか
左右対称のインクの汚点《しみ》
片方の汚点が雲のような鬣を振りあげれば
もう片方も牙のようなものを剝き出す

喧しい　利いた風なことを
唐御陣は明智打ちのようには参りません*
結局は躁の一頭が鬱の一頭を
自刃へと追いつめる

生垣沿いに
ロールシャッハ・テストの火照りを冷ましながら
と　柘植《つげ》よりひと際鮮かな緑の
蟷螂
茜さす雲の彼方に向かって
華奢な斧を振りあげていて
こいつは躁か鬱か

*勅使河原宏監督の映画『利休』。

ペルセポネ

A

王の柘榴が無体に喉をくだったとき
柘榴のように罅割れたわたし
零れ　煌き　瞬間　冥府の壁を照らした
紅玉の粒々
わたしを育んだ文明の　virginityのその粒々

B——大山弘明画伯に

どうぞこの仮面を剝がないでください
頰にも額にも
激しい王の唇の捺印
そこからはじまる緩慢な蠟化
やがて鳶色の目差が世界を覆い
僅かな凹みにもその舌を這わせるでしょう

愛のように
正午の蝕のように

閲歴

A

ディ・シェーネ・ミューレリン　あの全曲レコードを買いこんだのは
秋　間もなく台南市上空での大空中戦　潰滅したわたしの
ロマンティシズム　舷側から張り出した仮設便所から
日記代りのノートを棄てた　便槽代りの太平洋に
豊後水道通過　島々に桜満開　懐しくないはずはなかったが
わたしは歯の根を鳴らしていた　南の島に一切合財棄て

てきたので
そこから旧式ＳＬに引っ張られて列車北上　宵の口に瓦
　礫の
広島を　その後は京都　静岡　熱海　上野　水戸と
入隊してしごかれた部隊名も　訓練係上等兵の名も思い
　出せなかった
記憶まで棄てるすべを身に付けてしまったのだろうか
以来　幻の桜前線を追う形で何かを棄てねば気がすまな
　い　つい今も
自分で組織し　二十年も続いた「方舟」退会の電話を入
　れたばかり

Ｂ

伸びすぎた枝の剪定に余念のない園丁たち
曲折しながらためらいながら通過する径
やむなく声を掛けて
まだ暑くて大変ですね　とか何とか
白っぽい花も青っぽい花も
くたびれたようにしどけなく咲いてはいるが
ふと　以前にも誰かと
ここを散策したことがあったような
珈琲ポットを下げて従《つ》いてくる
妻と　ではどうやらなくて　誰かと
その誰かも伸びすぎた枝の茫漠たる花のようで
と　迷路のように続く記憶の径の
行き止まり　その一角にこちらを向いて
綻びようとする面持の一輪の薔薇

世紀末病

A

ルネッサンスも末期に近づくと誰もが変で
最後の審判の兆のような病気に罹ったものさ
しなやかであるはずのおのれの心臓が
或る日　突然　石になるとか

ひとりの司祭*が血を吐くように叫ぶ
どうか破城槌でわたしの心臓を突き崩してください
手籠にされ　おまけに簒奪されて　サタンの
不壊不落の砦と化した心臓を

新発明の望遠鏡　新技術の観測　火の天球が先ず消滅し
次いで神の館《やかた》　至高天の存在までが怪しくなる始末
あっと言う間に蔓延するものがあったのだ
燎原の黒死病さながら

ひとりの医師**が絶望の淵から祈る
どうかこの心臓を御手の鏨《たがね》をもって打ち砕き
火打ち石とも　いや金剛石とも紛うものを再び肉に
肉から迸る清冽な涙に変えてください

座標軸の転換　この時期に特有の杭打ち作業が
どこにでも見られ　サタンの戦略のように轟いたのだ
真先に杭が打ちこまれるのは沃野でも　蛭の群れる
沼沢地でも　なくて心臓だったから

以来幾星霜　二十世紀も末期に近づくと誰もが変で
こんどは心臓が溶解流失する疾患さ
銀河系外宇宙の度重なる発見　乾杯　と相俟って心臓に
は
すっごく棲みにくくなったからさ　神どころかサタンま
で

＊司祭はジョン・ダン。
＊＊医師はヘンリー・ヴォーン。

B

夏の終りの海は荒れていた　地球の丸みそのままに
くっきりと見えるはずの水平線まで烟っていて

白亜紀層の露頭の岩　つぎつぎに襲いかかる波
その向こう　サーフィンに興じる胡麻粒たち

変哲もない情景だ　わたしの鬱が晴れようはずもない
不規則な波がくると忽ちに弾き飛ばされて

ボードに泳ぎ着くと中腰のまま　また弾き飛ばされ
こんどこそはと挑むかのようで　超新星からの衝撃波に
　でも

それにしても屈託のなさ　紡錘形のボード一枚を頼りに
宇宙の果からの波を縁取ろうなどと　鬱の世紀の終りに

しだいに不規則さを加える波　陸《おか》に上ってきた胡麻粒た
ち
やおら車の屋根にツートン・カラーの神を結え付けて

Quo Vadis?

A

すべてが菫色の薄明の底に沈んでいる　死者の都市
だが本当は　正午の光に溢れていて　神を讃え
かつ嬉々として　彼らは恋をしているのではないか

ここでは地上の死が生であり　生が死である
かかる掟を維持する装置が　風のかすかな
戦ぎのように作動しているのではないか

もしも闖入者であるわたしを発見したら　忽ち
彼らの眼は　その特殊な光線で見透してしまうだろう
わたしの魂の構造を　それが髑髏《されこうべ》の影と違《たが》わぬことまで

そして異口同音に叫ぶであろう　ここなる一体を
即刻　死者たちのコロニーに送り届けよ
二度と災厄を招かぬように　階段を外せ

考えねばならぬことが乾いた砂のように積っている
神について　神を讃える言葉について　その言葉の
地上とここでとの　多分　不可逆的な関係について

B

あなたは
砂の地平から真直ぐに歩いてくる
オベリスクのような背筋と
パピルスのように撓やかな腕をして
華奢な額の下から　だが　ぽっかりと
眼窩
――――

わたしを通過する青い陽炎
振り返るとすでに稜線の陰
その足跡から徐々に罅割れてゆく地球

（『Quo Vadis?』一九九〇年思潮社刊）

詩集〈曖昧な森〉から

曖昧な森 1

疑問は森の形をしていつもそこに居坐っていた　外見はどこにでも見かける平凡な森だが　界隈のひとびとは瘴気にでも触れるのを恐れるかのように　絶えて近づこうとしなかった　まして瘴気が寝静まった頃の時刻を見はからい　夜盗のように踏査のささやかな冒険をこころみた者もいない　疑問の形をしてそこに黒々と居坐る森
そうこうする内に　界隈の航空写真が新聞に載った　ローカル紙にありがちの不鮮明な印刷ながら　森の所在だけは黒々と一隅を占めていた　拡大鏡を当て　さて焦点を絞ってみて　思わずあっと　いやざわざわと疑問が靡くのを感じた　中心と覚しき一層黒々としたところに向かって周囲の梢という梢が　さながらざわざわと靡いているのだ　よほどの吸引力がはたらいているに違いない

　獲物をとらえた磯巾着が触手を閉じるときのようにだ

　ささやかな森の形をしたブラックホール　何は取り敢えず夜盗の姿をわたしは纏わざるをえなかった　倒木に脛を払われ　葛《かずら》に頬を引っ掻かれ　辿り着いたそこは数十坪ほどのなだらかな塚　塚を覆って　夜目にもそれと分る蒼白な蘭科の花　じじばばと界隈で呼び習わしている蘭科の芳香は　何十世代も前のじじいたちとばばあたちが土の底から抜け出してきて睦み合う　年に一度の姿を思わせはしたが　しかしそれよりも差し迫った疑問の嗅覚を一層刺激したことは間違いない　ややあって氷のかすかな匂いのようなものが芳香に入り混ってきたと　突然　頭上垂直に抜ける夜空が明るくなった　払暁にはまだ遠いはずだが　と思う間もなく　明るさは輝きに　輝きは白光に　そして急速に下降してくる光球芳香を掻き乱し　梢という梢をざわざわと靡かせ　ピンポン玉ほどのものが拳ほどに　かと思うとふたたびピンポン玉ほどに　つまり忙《せわ》しない呼吸を繰り返しながらそれから何が起ったか　記憶はそこで途切れる　ただ明瞭なのは　あれは夢の一齣にすぎなかったのだと思い定め　忘失しかけた頃の或る夜　眠りに落ちようとするわ

たしの前頭葉のあたりが急に涼しくなり　次いで騒立ってきた　前頭葉の森が　とかすかに思う　が　それも束の間　葉を　梢を　こんどは押し分けるように外側へと靡かせながら　煌々たる光球が何の予告もなしに飛び立ったことだ

曖昧な森　11

影に影が重なって　もう直ぐ世紀末の夜がくる　という思いがさらにそこに重なるせいか　重なったところからふともう一つの影が生まれたりして　こちらに伸びてくる　軽い愕きを含んで見遣ることになるが　わたしと同じような気散じの人種のひとりと知って　安堵の息を洩らす　息が幻聴を誘う道理のあろうはずもないが　あたりに充満してくる何かの細かく震えるような音　わたしの中を震えながら循環する血の音か　軟かな闇の粒子が降ってくる音か　急に光が欲しくなり　わたしはエスカレーターに乗る　人種のひとりも直ぐうしろから乗る当然　降ってくる音　充満してくる世紀末の何かの音を斜めに斜めにと切って脱出する恰好だ　着いたところでもう一度安堵の息を洩らす　息が人種のひとりを誘ったわけでもあるまいに　わたしを擦り抜けて立つと　振り仰ぐ趣きに首を反らす　木のように反らした横顔にどこか見覚えがある　が　いつ　どこでだったかは思い出せない　誘われてわたしも首を反らす　なるほど脱出したどころか　ここにもすでに充満してくる音　何かの戦ぎ擦れ合う　ごく細かな音だ　並び建つ店舗は内も外も煌煌たるありさま　それも血圧が急に低下するときのように徒らに影を際立たせるだけで　忽ち眩暈に誘いこまれそうで　これではならじとさらにエスカレーターに乗る

数段上にすでに木の人種のひとり　着いたところでさらにまた　という按配に階を重ねる　充満してくる音の方も正体に近づいてゆく気配で　ついに屋上に出る　見渡せば無量の闇　そればかりか眼が慣れてくるにつれて闇の中に闇よりもひときわ濃く垂直の闇　闇のところどころから何と放射状に煌々たる灯の列　列は幾重にもかぶさる枝さながらに上へ上へと狭まってゆく　とする

とこの屋上も　この街並みそのものまでが枝の一つか
なるほど　充満してくる音が無量の葉擦れの音であるこ
とはもはや疑いようがない　音は垂直の遙か果から降っ
てくるらしい　首を反らしても果がどのあたりかは見当
もつかない　世紀末の果であれば　むろんそれも止むを
えないだろう　但し果に天蓋がもしもあるとすれば　無
量の葉で　ごく細かに震える緑の葉で隙間なく覆われて
いるのだろう　そうとしか信じるほかあるまい　いつか
あたりに充満してくる葉の息　森の息　と　幻聴かと紛
う嗄れた闇の声　いいかねここがEdenだ　Edenに着い
たんだ

曖昧な森　14

夏の森が異常な愉悦に充ちてくることは言うまでもない
　夏至が近づき　森の上縁に満月が懸かる頃はなおさら
である　橡や椎のふくらみかけた堅果に惹かれて木鼠が
集まってくる　木鼠を追って梟　梟につられて思わず猪
までが　褻の衣を脱ぎ棄てた晴の夜　あちらでかさかさ
　ばさばさ　こちらでぶあぶあ　ぶあぶあはむろん　鼻
面の異常に発達したものたちがかすかに漂う百合の匂い
を嗅ぎ分けるや　すかさず土を掘り返しはじめた合図だ
　件の器官をシャベル代りに遮二無二　甘い球根を掘り
当てると一段と高まるぶあぶあ　ぶあぶあにそのかさ
れるのだろう　あちらのかさかさばさばさも一段と　ホ
モサピエンスでさえ例外ではなかった　風に乗って届く
睦言のようなばさばさぶあぶあを聞き留めると　居ても
立ってもいられなくなる　項《うなじ》が抜けるほど白い深窓の婦
人をエスコートして　若き騎士兼遊び人どもが集まって
くる　鄙びた梨の頬の地主の娘たちに引きずられて　小
百姓の二男坊三男坊も　女の願いはいつも同じ　豊満で
きりりとしたディアナのような月にあやかりたくて　あ
やかって秘めた恋の成就を今夜こそ月に諾って貰いたく
て　かくして幾十組かの二人連れの交す睦言の囁きは微
妙に甘く森の闇を充たすばかりか　櫟や橡の幹や葉に反
射し増幅されてときに愉悦のきわみのように底ごもるこ
ともあるが　当人同士の囁きのほかはむろん耳に入らな

い　だからどのような運命が待ち受けているかは知る由もないのだ　たとえば月の雫に打たれてはならない　という古い諺が　彼らの息もつかせぬ睦言の熱い思いの中に浮かびあがってくるはずはなかったし　たとい浮かびあがったところでもう手遅れ　手に手を接木したように握り合い　あまつさえ額に額を膠付けさながらに凭せ合いながら　暁までのついひとときの積りの仮眠から目覚めたときにもまだ気づかない　が　次の瞬間　鼻先の白くて甘い球根とばかり見えるものに　思わず牙を剝いて飛びかかるが　飛びかかられればなおさら　思わず翼を拡げ　迫る鼻面にいやと言うほど爪のひと蹴り　もしくは万力に似た件の爪を咄嗟に躱すや傍らの椽の幹を　梢めがけて一直線　選りに選ってこのひと騒動から　彼らの晴の祭の朝がついに眩しくはじまるのだが　これまたさして不思議ではなかった

＊この詩篇の動機は湾岸戦争のテレビ映像より。

曖昧な森　18

もしかしてここは極寒の taiga ではなくて　途方もなく大きなマンモスの腹の上かもしれぬ　どちらを向いても鼻先を遮る毛の　氷の微塵を纏って　着ぶくれて　一本一本が影のように立つ　さながら針葉樹林帯　僅かな凪にも蒙々と立ち籠める白い微塵の中で　方位は忽ちに昏れる　だが　ごく稀れに　それもおおむね冬至の頃だ　凍土層が　いや凍ったままの分厚な脂肪層がぴくりと痙攣することがある　まさかマンモスが息を吹き返すはずはないから　凍ったままの眠りの中で　モノカルボン酸の配列が束の間浮動し　言わば寝返りを打つ夢の徴候でも　束の間分子の連鎖を走り抜けるのだろうか　すると立ち籠めていた息が魔法をかけられたように霽れ　毛の一本一本がけざやかに見えてくる　taiga　は数キロ先まで霽れ霽れと見通せるようになる　そのときであるとある毛の根方から　不意にあらわれる赤い鞠　鞠状のもの　弾みながら躍りながらぐんぐん近づいてくる　微塵を靡かせ橇をあやつり　ジングルベルのサンタクロー

スだ　サンタが走れば taiga も走る　と言ってこれは童歌ではない　真赤な現代詩である　だからと言うべきか

　毛の幹がいっせいに靡くわけである　かくして靡く息に負けまいと taiga は走る　一本一本が着ぶくれていた氷の息を振り払い　見れば　いつしかしなやかに疾駆する tiger の群だ　四千年の睡りから目覚めた原始の姿がそこにあった　鞭が鳴るたびに飛躍的に数を増す群　飛躍的なモノカルボン酸の連鎖の浮動と増殖作用　雷鳴のように移動する軍団である　これでは凍土層も　いや凍ったままの分厚な脂肪層も影響を受けないわけにはゆかなかった　波打ちはじめたマンモスの腹　雪崩れる軍団

　然《さ》も有らば有れ　文明の都市という都市では準備万端ととのえ終り　夜空に五色の宝石を鏤めたように明滅する豆ランプ　明滅しながらくらぐらと輪郭の浮かび上がる都市　文明のその針葉樹林帯を目指して　サンタクロースは鞭を揮う

＊この詩篇の動機はゴルバチョフの新政策ペレストロイカより。

曖昧な森 20

縦二十一糎五粍　横十一糎五粍の水彩の短冊　何の前触れもなく作者から送られてきたものだ　左下の角に近く tsunaoと墨の署名　署名にはアンダーラインがほどこされ　が　書信は同封されていなかった　以来折々に取り出しては眺めている　机のうえに立て掛け　ふと便りを認めようかと思って困惑した　つい三年前までは確か狭山に独居されていたはずだが　その後の棲居白玉楼の住所が分らぬ　ままよ　短冊をつらつら打ち眺めるにしかずか　署名より右寄りの斜め上にはひと筆書きの鳥　翼は蔓状に曲がりくねり　ほぼ円形に収まる形　その唐草模様の暗緑が何かを思わせるとしたら　森であろう　打ち眺めるほどに分蘖してやまぬ蔓　分蘖してやまぬ鳥　それら無数の鳥を抱えてふくらむ暗緑の森　ふくらみながら墨の tsunaoから何故か遠離り　あげくは羽搏きもせずに宇宙空間を経めぐりかねぬ趣きの鳥の森　他方　そうした趣きの森に覆いかぶさらんばかりに　これは何であろう　左下から右上へとほぼ対角線上にさながら裂帛

の墨の線　下方は三本に分枝してもし根を思わせるとしたら　これは茎だ　裂帛の茎　上方に同じく線状の葉が二枚　茎の左側には大中小の花らしきもの三輪　右側に一輪　それぞれ淡赤色の円の中に濃赤色の円を抱え　さらにその中に墨の円　小の一輪では墨の点　加うるにここでもおなじく分蘖してやまぬ線と円　といった案配だから　あるいは花ではなくて花のように旋回してやまぬ四個の森　つまり四個の星雲なのかもしれぬ　としたら裂帛の茎も実は茎ではなくて四足獣　ついで葉の一枚がたら　獅子か　背と腹に森状の星雲を携えて宇宙空間を

　そう言われれば紛れもなくそう見えるように鬣だとし疾駆する獅子　なるほど疾駆の方向もtsunaoからこれまた遠離る果へだ　臆面もなく送り付けた詩集『花鳥』への返礼にことよせながら　詩人はおのれの究極の夢を実は描いたのではなかったか　かのtsunaoの肉体から離脱してゆく　多分　暗緑の魂と　その魂を四足の間に庇いつつ猛然と疾駆する　多分　神の姿とを

（『曖昧な森』一九九二年思潮社刊）

詩集〈原石探し〉から

木の生態

A

木がすくすくと　言わば垂直に生長するのは
地表と天との仲立ち役をするためだろう
またそのために　どんな木でも
幹深く抱えているのだ　一本のフルートを

深夜の木立ちから　にわかに賑やかな
メロディが立ち昇ることがある
待ちに待った晴の行事を迎えて
一種のセレブレイション・コンサートである

億光年の彼方からはるばる飛来した魂
先ず音色を聞き分けて　お目当ての

木を識別し　地表での依り代にする
それから　どの赤ん坊に宿ればよいか　考える
ハンモック代りに役立つのが
交叉する枝や葉で　睡眠中のあるじから
抜け出てきて　暫時　そこで休息し
若い魂ほどしばしばそれが必要だからだ
あるじと木との間の　数え切れぬほどの
往復の挙句　故郷へと旅立つ日がくる
梢に縋って振り返り　亡骸を傷《いた》むが
やがて拳ほどの炎《も》える球　尾を曳きながら

見送る木は木で最高に澄んだ音色を奏で
きっとそのときだろう　わたし自身が
なつかしく光る　軌跡を描きながら
億光年の涯へ引き寄せられてゆく　夢を見る

B

木はそれぞれに
質素な炎を守って冬を過す
それぞれのストーブの芯が
出過ぎぬように気遣いながら
それでも　つい居眠りして
操作を疎《うろ》抜くことがある
と　忽ちあられもない響きをあげて
樹液が循り
葉が吹き出し
さも潑剌と花片までが開き切って

魂でさえ
太陽のように沈み切れず
怪訝な面持で振り返る

大洗海岸

A

まるで筍だな　これは
十本足らずの　おまけに暗褐色の
思い切り伸びた先端の節　ぼろぼろの結晶だが
次々に襲いかかる波を砕いて
むろん　それほど果敢でない　やからもいて

おずおず覗きこむ凹みの潮溜り
亀の手の隣り　どうしてこんなに
鮮かな色がどうしてゆらゆらしているのか
一億年前の岩層に四億年前の小さな虹のような生物
と　不意にすぼむ触手　幻のかけらでも銜えたか

《今　港に入ってくる雲たち　泊てる宛なく
鏡の表面をゆらゆら通過して
潮《うしお》をくぐりながらの逍遙　夏が終わるまで*》

銜えられたのは若き日のオーデンの詩句　港を囲い
こんでいたのはこれまた一億年前のチョーク・クリフ

皇帝ハドリアヌスの鋼《はがね》のような兵士たちも
征服王ウイリャムに率いられたノルマン訛のフランス語
　も　そこから
大挙上陸　《わたしたちの立つこの暗みゆく戦場
突撃とも撤退とも分らぬ緊急指令が飛び交い　無知の軍
　勢
同士が　夜　激突する**》　ウィスタンを掠めたアーノル
　ドの詩句

何て気紛れな触手　こんどは何を銜えこむのか
よいこらせと　無体に引き揚げられたときの神像石《かむかたいし》の悲
　鳴をか
はるばる回遊してきた白子鰻《しらすうなぎ》　透明な精霊の一匹をか
雲たち　ドーヴァーに続くこの宿命の露頭に　続いて
そこに屈みこむ首筋に　淡い翳を落して

＊「見よ、異邦の人よ」。
＊＊「ドーヴァー・ビーチ」。

B

松毬《まつかさ》を吹きちぎり　転がし　飛ばし
怪異な天使のように荒れていた
翼の煽りに思わず目を伏せた弾みに
ひらひら頼りなげな
幻覚のような白いリボン
夏の少女の麦稈帽　嘻々とした面影も
風雅の一グラムもあらばこそ
根方に必死に縋りつくその姿
見放《さ》ける河口はすでに闇
灰色の波頭を列ね　轟き寄せてくる壁
壁　また壁　と　そのとき雲が裂け
一条の光　光の中で膨れあがる波頭の
プラチナのように耀く一角から　あれは——

幻覚のリボンのようにひらひら
今はただひらひら上昇してゆく麦稈帽
渦の中心の　多分　神の目の方へと

結滞期

記録的な　と報道された猛暑の
夏がやっと動き出して
と思う間もなく矢継早に台風
これで花綵《はなづな》列島はまたもや結滞

時間だって例外ではない
ビッグ・バン以来　四十数億年
営々と打ち続けてきてさ
木槿を咲かせるのも億劫な面持

ときに休暇が必要だろうね
わたしの中でさながら間《かん》々然と

結滞する心臓——
ではなかった　脈のようにさ

永田町では　何《なん》と制御棒代りに
気楽に何やら流用しては
乱闘はおろか　結滞のし通し
山ざくらが散っても　実を結んでも

あれとこれとは話が別だって？
なるほど　が　人類史の結滞期に
降誕されたイエス・キリスト
これも果して別か　どうか

ついっと　わたしの中の方丈の
空に飛来して　静止する
一匹の赤とんぼ
キリストのような　顔をして

煙の告知

独房に穿たれた窓
窓に開ける的皪の星座
星座の下のパダン低地の嘵々たる草原
地平にはアルプスの凍った山顛がかすんで
未明とも深更とも分らぬこの風景を脇にして
あなたは何を見ているのか

アダムの林檎が先ず咽喉《のみど》の線から消滅し
頰へ　うなじへ　這いあがる恍惚
が　見開かれたままの瞳孔はおのれの性器への恐怖を湛え
広やかな額には同じくそこに関わる自恃の翳りが
堅い革帯で縛《いまし》められたまま
刻一刻と進む性の転換
あなたは何を見ているのか

コンクラーヴェの徹宵に継ぐ徹宵の末の

神妻の決定
選ばれた者のもはや動かぬ旅立ちについて
七十名の枢機卿たちの
喜悦の色の煙が知らせる

＊大山弘明作テンペラ画への讃（個展、銀座青木画廊、一九九三年）。

犬

魂が犬の
形をして飛ぶのか
犬が魂の
形をして飛ぶのか
幹の間から見あげる葉の天蓋
前脚も後脚も真直ぐに伸ばして
射し通る光の棒を
掻いくぐり
ついーっ
もう一度ついーっ

片やわたしの足もとに
蹲るもの
しだいに石らしくなる羊か
それとも羊らしくなる石か
どちらにせよ
主人のわたしを　ではなく
遠くを見あげる漠々の面持
緑を湛えるその瞳の中を
けれど緑に紛れずに
ついーっ

羊ならきっと石の眼をして
石ならきっと羊の眼をして
わたしとの
しばしの放心の縁のあたり
まるで斑《まだら》の棒のように

一匹もしくは一本が
いとも軽々と
ついーっ
花咲爺さんのシロ
そっくりに

*立見榮男作油彩画への讃（個展、ひたちなか市ギャラリーサザ、一九九五年）。

（『原石探し』一九九六年沖積舎刊）

詩集〈祭その他〉から

祭 1

宇宙に充満している陽子と反陽子　日常的と言ってよいそれらの分離状態が　闇　であるなら　闇すなわち褻《け》これが前提条件だ　荒寥たる褻の宇宙を漂う陽子と反陽子　それらがふと出会うと　一瞬にして融合　かつ電磁波を放出して消滅するが　電磁波の一種こそ光であれば光すなわち晴《はれ》か　核物理学の日進月歩の情報*のひとくだりを陶然と反芻している内に　わたしはいつか仕合せな深い眠りに落ちた　そしてどれほど経過した頃かふと気がつくと　軽井沢に似た高原の樹林地帯を歩いていた
　あれっ　ひとりでこんなところを　ザックを背負ったりしてどうして　と見廻すと　右手の少し隔たったところを俯き加減に男が一人　やや後方の雑木《ぞうき》に蔦の絡む茂みの左右を同じく俯き加減に女が二人　さらにずっと後方　せせらぎを掬おうとする姿勢の女が一人　どうして

こんなところをと　改めて女から女たちへ　女たちから男へ目を走らせると　杏子に純子に由紀子に政博だ　おおい　と声を掛けようとして躓く　わたしが彼らの名をどうして知っているのだろう　ひと筋も陽射しが届かぬ木下闇の中をわたしと同じように黙然《もくねん》と　おのれの中に埋没し切った格好で　うっかり声を掛けようものなら人権侵害になりかねない　なるほどそうか　これが褻の分離状態の陽子と反陽子との関係か　うかつに声を掛ければどちらが陽子でどちらが反陽子であれ　杏子＝純子純子＝由紀子　由紀子＝政博　政博＝わたし　わたし＝杏子　いやまだまだあるはずだが　夢の中では幾度繰り返しても迷宮入り　とにかく十通りかそこらの組合せの内　一つか二つの組合せが　いやうかつにもすべての組合せが瞬時に成立し　融合しざま光を放出して消滅しかねない　光が晴だとしても　つまり光あれと宣《のたま》え**ばのあの晴の祭だとしても　やばい　とわたしは思ったらしかった　闇の褻のままでよい　折角の木下闇を何もわざわざ乱すには及ばぬ　黙然の埋没そのまま一歩一歩と五人
　そしてめいめいがどれほど一歩一歩を続けた頃か　鼻先ににょっきり植物の太い茎　茎の先端には　冥府の濃密な褻の闇から突然咲き出た　といった格好の光のような何か　そこでわたしは再びすとんと眠りに落ちた　そのまま再び幾刻か　何やら遥か遠くから人語のようなもの　瞼を薄く開くと　わたしを見下ろしている見慣れた四人の顔　顔の間から覗く白緑《びゃくろく》***の姥百合

*読売新聞一九九九年八月五日夕刊。

**「創世記」一章三節。

***大竹蓉子歌集『白緑調』より。そこでは毒薬の名で、出自はオスカー・ワイルド「ペンと鉛筆と毒薬―緑の研究」より。

伝承

月明の草原というごくあり触れた設定から話がはじまる
　設定にふさわしくこれまた見た目にはごくあり触れたひとりの男が　前屈《こご》みの姿勢のまま　数歩あるいては立ち止まり　呼吸を鎮め　また数歩あるいては　という行

為を繰り返している　よほど重い荷物を担《にな》っているのだろう　月の出のずっと前から倦きもせずにまるで単純な行為をどれだけ繰り返してきたときだったか　突然　荷物が嘶いた　むろん首を捩りざまよしよしと宥める男今は荷物でも　抜群の丈夫さを誇るそのいとしい運搬力を　今年の税の代りに止むを得ず差し出したのだが　小役人の強欲な目論見のために丈夫なはずの前脚の片方を

　あろうことか骨折してしまったのだ　もう一度　よしよしと宥めながら　男の脳裏には　草原一帯で語られる気の遠くなるほど古くてくすんだ伝承が浮かんでいた片やコブラ神やトキ神の誅求からかつがつに脱出し唯一神の愛を忝くする故国をはるばる目指して　困憊のあげくこの草原に差し掛かった民びとたち　片やその数の勢いに怯みながらも阻止しなければ　とする異教の王に買収されて　絶滅の呪いを掛けるべく草原を急ぐ占卜者と　骨折も何もしていないのに運搬してくれる荷物の方が　突然　嘶き　糅《か》てて加えて人語を厳かに*語り出した

　唯一神がわたしを通して申される　あの夥しい民びとたちを祝福せよ　草原が道を開けるまでと　忽ち恐れ戦き回心したという異教の占卜者　世にも愚かな荷物にすぎないこのわたしをもみ心は見棄てられなかったと　潸《さん》潸《さん》　また潸々　であったかどうかは語られていないが代わりに男から迸る汗か涙かが　月明の中で夥しい金剛石の粒のように煌いた　おのれの肩に掛けられた痛い脚をまるでおのれの脚のように撫で摩《さす》り　あまつさえ　あなたは何とわたしより神の御座《みくら》に近くいますことかと敬虔に囁くのだった　こうして十年が　いや十数年が忽ちくすみながら経過したときだったろう　かつて二十歳代の男の背に運搬してもらった荷物が　こんどは三十歳代の半ばを超えようとする男を晴れて運搬してやる日が到来したのだ　唯一神がわたしを通してこう申される　あなたは必ずわたしの背に運ばれて都の城門を潜らねばならないと　折しも歴史の闇の中から徐々に姿をあらわしてくる金環蝕　その輝きの方へと　見た目にはのどかに男を運んでゆく荷物　むろん羽音も荒く襲いかかる蝿どもを　男の方は習い性のように棕櫚の枝で打ち払い　すっかり厄介をかけてしまって　と呟きながら　手の平で首を優しく叩きながら　するといそいそと蹄を鳴らす荷

物

＊「民数記」二二章二七節—三〇節。

独活

冬を見送って月余　たつきの習いに添い　水音のさわさわに添って遡ることしばし　習い通りに穴の前に立つ　猿とか狸とかの入り乱れた足跡がないかどうかを確める

　いやそれよりも一度だけ　狸か猿かの毛皮を何やら綴り合わせたものをかぶった里人が　当方のたつきの白い束を小脇に飛び出してきたことがあったから　身構えねばならぬのはそういったやからに対してだが　今日は無事　深呼吸をし　頭を下げて躄《いざ》り入る　右手で壁の岩肌を探り　左手と両膝で躄り進むことこれまたしばし　不意にあたりが広くなり　天井の岩と覚しきあたりから豆ランプほどの光も洩れてくる　そこにしつらえられたただ一つの仕掛け　節を抜いた竹筒の口から空らしいものが僅かに覗き　目を凝らせば椎の若葉の戦《そよ》ぎらしいものも僅かにちいさく覗いているのだ　見廻せば先ずは順調

　たつきの白い茎の一本一本はどれもこれも背丈を優に超え　梢のあたりはこれまたどれもこれも烟っている　さらにいやさらに伸びようとする命の気配のアウラだろう　先祖の知恵と工夫の末端に縋る思いで額《ぬか》づき　合掌する　一度では済まぬ思いで二度　いや三度　と　そのときうなじに　突然　衝撃　まだ足りぬとばかり先祖の下した罰の唐手チョップか　と顔を上げると　頰を撫でる風向きが変り　どうやら渦をゆっくりと巻きはじめている　一本一本の茎の色も薄鼠《うすねず》がかり　触ると痺れるように冷たい　なら歯を当てればさくっとかじれるか　と思いきや　断固として弾じき返されるありさま　何と鍾乳石の一本一本だ　としたらここは鍾乳洞か　が　変らぬのは一本一本の烟る梢のアウラ　さらに目を凝らせば

　風の渦に寄り添い　まるでビッグ・バンの渦に応えようとするかのように　いつか気配を超えてしまったアウラの戦ぎよう　靡きよう　これも先祖の知恵と工夫の臍《ほぞ》の緒かと伏せた額は得上げられず　と　再び衝撃　恐る

恐るうなじに手を廻して　それが天井の岩の中をさわさわと通う水から　逸《はぐ》れて落ちた一滴の雫であることを思い知らされたときだった　鼻のあたりにふと吹き寄せられ　それでいてかすかにまとわりついてくる何か　ビッグ・バンのえも言われぬ香り　独活の香り

＊この詩篇は小林恒岳作同題の日本画（個展「樹木霊頌」、松屋銀座、一九八九年七月）への讃。

龜について

懸案のライヴ・ヴォーカルを済ませてきた由美子　余熱を冷ますかのように呟く　このかめさんたら　小学生の頃飼っていたみどりがめの　ボスかな　なるほど　伊達にジャズに入れこんでいたのではなかったか　もしも亀なら　可愛らしいみどりがめの類いになるほどふさわしかろうが　陶板仕立ての書の　壁に掛けたばかりの龜となれば　かめにして亀にあらず　まことにもって前十六世紀は殷王朝時代の龜卜の盛行またハッスルも　推してむべなるかなだ　当時の人生四〇年としてホモ・サピエンス二五〇人分の吉凶禍福を　詮方なしかと　おのれの甲羅の中に畳みこんでいたのだから　それだけならまだしも　時代が降れば　神仙縹渺の蓬来山まで磐石さながらに支えていたのだ　同じく甲羅で　当然　天災人災とは無縁の無何有郷の微光をさえ　彼《か》の山を望見しうる地域一帯に漂わせて　だが自足することを知らぬのが俗の習い　無何有郷とはアナクロな　とやがて言い出すひとびと　なら現世の切り立つ涯の彼方ならふさうか　とまた別のひとびと　かかる遣り取りを磐石の龜　うつらうつら聞いていたかいなかったか　それから幾つかの時代が矢のように通過して　と　高気圧に覆われた倭《わ》の列島　そのふとした入江の沖合から　突然　水烟をあげながらそそり立ち　あっという間に末広がりに全貌を露わにした山　台形の上底はこれまた水烟を纏う鬱然たる森　季節よろしきを得て雪をかつげば列島を統《す》べる富士と見紛うほどで　浜に繰り出したひとびと　本物か　ホモ・サピエンスに特有の幻か　突き止めようといっせいに艀《はしけ》

を漕ぎ出したまではよかったが　取り付く遙か手前でこんどはそれが水泡を蹴立てて沈下しはじめる　すわ危うしと反転　リヴァイアサンからでも逃れようとするかの必死の形相　やっとの思いで振り返ったときにはすでに末広がりの残像を覆って　微光を放つ霧か烟かが漂うだけで　摩訶不思議な現象は旬日後にも　隔たること数十里の入江の沖合で　忽然として屹立したかと思うと　忽然として水没し消えた　それ本当？　と由美子　何だそこにいたのか　そうだとも噂が噂を呼ぶにつれて山容は壁のように視野を遮断して　日の光すら射しこまず　もしも乞食《こつじき》ならぬ木食《もくじき》の聖《ひじり》が現われなかったら　ひとびとの救われようはなかったろう　何か途方もない地殻変動が刻一刻と切迫しくるかの前兆に押し潰されんばかりであったからだ　そこでおもむろに口を開く聖——秦の国の磐石亀の話は聞いておろう　問題は余沢《よたく》に与るひとびとの喜捨いかんだな　亀だって倦きもしようし退屈もする　優雅な散歩と洒落こむことだって　あはははは　しかも一つの宇宙がもう一つの宇宙を　言わば背負ったままでだ　そこだよそこ　すると聞くや聞かずやの由美子アド・リブもどきにじゃあね　ばいばい　マイ・セイント・トータスさん　トータスさん

＊この詩篇は川又南岳書・制作の「亀」（奥久慈ギャラリー開館記念南岳書展、二〇〇〇年正月）への讃。

メドゥサ

1

死と闇を地下に呪縛しながら　同時に死と闇によってそこに呪縛される彼女　深くて窮屈な睡りの革帯を痺れた指で　夢うつつに緩めずらし緩めずらしして　ようやく首をもたげる　その後は言わずもがな　彼女の焦点のまだ定まらぬ目に触れると堅い根雪が融け出し　スノードロップが繊細な蕾を覗かせる　生まれ変った彼女の新しい相の成長の開始だ　それから三ヶ月　匂うばかりの胸と逞しい腰　大股で通過してゆくが　呪力ならぬ喚起力

が優に天の麓にまで届く目の業を地上に振舞うことぐらい　いともたやすい　目の無雑作なひと刷毛で　窪地丘陵　沼地にすらおかまいなく　弾けるようにいっせいに花茎をもたげるラヴェンダー　が　脆き性《さが》一般の習いに抗《あらが》い振り返ることを決して諾わない彼女　目を一点に据えたまま呼吸をととのえ　左右の掌を合せると　やおら密儀に取り掛かるのだ　緑豊かな髪の間に曲りくねって蓄えられてきた夥しい管　徐々に起きあがる蛇状の管

天の父だけが所有する叡知*を分ち授かるために　かくしてもう一つの新しい相を身に纏うために　とまれその目的にとって　ラヴェンダーの果しなく地を這う紫に雛罌粟の朱が点々とばら撒かれたトポスほど　これほど恰好の背景は他にないはずだから　だからと言うべきかどの管の先端からも舌に似た供物の炎　陶然と揺らぎながら伸びあがりながら　裂けた炎の舌の彼女

*〈メドゥサは《女性の知恵》（サンスクリット語ではmedha、ギリシャ語ではmetis……と言う）を表わす……《万神の母》〉（バーバラ・ウォーカー『神話伝承事典』山下主一郎監訳）。

2

伏し目がちに逆光に佇む彼女の前には　祭壇代りの蓮のうてな　むろん多産の聖なるシンボルだが　実を一つ残らず天に向かって弾き出した後の静謐な穴は　同心円状の配列のために　整然すなわち荒涼　見れば穴の一つから小さな蠟燭ほどの炎　供物にしては橙色から青へと絶えず変るゆらめきが何がしか不安を揺らし　なるほど黒い被覆導線が二本うてなに絡み　末端は縺れんばかりに入り組んで下腹部へと　たった今 on に入れられたばかりの　彼女への　否みようのない受胎告知だ　大犬座の煌く愛を夜ごとに注がれつつ　下腹部に育つであろう異貌のエネルギー　猛烈な速度で細胞分裂を繰り返しながら　いずれ名付けられるにせよ　純理的推論の対極に位置するはずの　あろうことか　メシアの称号を冠せられること火を見るより必然のそのエネルギーを　月満ち潮満ちて分娩するとき　即座に彼女自身のういういしい豊饒の下腹部を破壊し　彼女の呼吸する膨張不断の原始宇宙をあられもなく破壊せざるをえない掟まで　告知さ

れたとは露知らず　ましてファラオの手を代え品を代えした卦にそよとの気配すら顕《た》つすべもなく　それかあらぬか　キメラ然と寝そべる巨大な三角州の　緑紺のロゼッタ支流に臨む古都サイス　彼女に捧げられてそこに建つ　碑には　〈今おられ　かつておられ　やがて来られる方〉*と銘記されて

*「ヨハネの黙示録」一章八節では、〈今おられ〉の引用に続いて〈全能者がこう言われる。《わたしはアルファであり、オメガである》〉（新共同訳）と。

**この詩篇1、2は大山弘明作同題の幻想絵画（ヨーロッパ中世のテンペラ技法による）への讃。

道化師

天鵞絨の臙脂のだぶだぶの服　同じく天鵞絨だが肩まで覆う濃緑の襟　襟に埋まって喉は見えないから直接にころんといった按配で乗っかっている首　王侯顔負けの豊かな金髪の鬘にへの字の不揃いの描《か》き眉　付け睫毛に丸くてひどく赤い付け鼻　仕来り通りの脱日常の出で立ちで珍しくもないが　左右の目の上から下へ垂直に刷かれた濃緑の線だけが異様で　あるいは魔除けの記号のようにも　やや斜め下方に傾げた顔は出番を控えてそこばくの生気を差し当り取り戻さなければと　これはこれでまた思案中のようでも　なるほど傾げた顔の傾げられた目に湛えられている憂愁　どうやら憂愁の魔除けをほどこした目は肘のところから直角に近く曲げられた右手を見ているらしい　掌に畳まれた四本の指　親指だけがぐいと突き立てられて　Thumbs up!　奮い立て　というわけか　それにしては左右の目の瞳孔と瞳孔とのやや開きすぎている間隔　たとい焦点が結ばれるにせよ　親指の背後の遙か彼方　彼方のどこかに突き立てられるはずの何か　焦眉の期待の突き立てられるであろう何かの上のほかにありえない　じっさい右手の斜め下方に黒々と盛り上がる森　僅かに頂きが覗く塔　かつて異民族の侵攻に立ちはだかった栄光も湮滅したまま蔦に覆われ尽した塔へと　あろうことか　多分　運ばれてきて　ひと塊《くれ》の

土のように　多分　横たわる王　瀕死の王を措いて　それを釘付けにするものはなかった　彼の憂愁の目は使命を覚らせないための手立てだし　脱日常の出で立ちのすべてがそこで物を言うのだ　さらに付録かと見えて付録にあらず　首の鬘の斜め上方を残照に羽を煌めかしながらめぐる濃緑の蜻蛉だって　親指に糸でつながれたまま折りあらば悪霊を捕食してやろうとばかりに　が　至上命令がどこからきたかは穿鑿《せんさく》の外　ひたすらそれに添わなければただの影だってさの彼　即座に瀕死の親指を抱きかかえると鼻先に親指を突き立てて見せるだろう「Thumbs up！　蜻蛉も口もとに止まると細かく羽を震わせては酸素を送るだろう　こうして演じられる切羽つまった祕跡劇が万一不首尾に終れば　当然ながら先ず親指が　ひいては森の宇宙の蛹から犬鷲に至る生態系のリズムまで忽ちに消滅することは　烽火《のろし》を見るより必定　血よ樹液よ循《めぐ》れ　Thumbs up！

＊この詩篇は鎌田道夫筆「夢語り」（油彩、個展、ひたちなか市中谷画廊、一九九六年十二月）への讃。

祭　6

見放《さ》ける限り洗い立ての緑滴る絨緞　そこに振り撒かれた赤　白　黄　紫の豆粒ほどの祭壇　しなやかで靱《つよ》い指を伸べて祭壇を摘む彼女　そうよ　豆粒ほどでも一輪一輪はイエス様に捧げられる祭壇だから　手籠に満たせば手籠はそのまま　絨緞をどれほど繰り延べても届かない天つ御国へのお祈りにもなりましょうからと　先ず太陽の円盤を型取る毛茛《きんぽうげ》　次に青春の女らしさのお手本の撫《なで》子《しこ》　無垢の処女性の証しである雛菊　夢《む》寐《び》の愛から零れて咲いた三色菫　また慎しさと思いの深さの紫蘭も忘れずに　と指を伸べかけてふと躊躇う　羊飼たちが死者の指と呼び習わしているのがこれかと　けれど黒糸縅《おどし》の輝く王を冥府から招き寄せる指の形には見えないし　わたしをデメーテルの娘と見紛うはずもなかろうからと　それも手籠へ　同時にあるかなきかの危惧の翳りを目交《まなか》いから払うように掌を振りながら　かすかに覚える喉の渇き　見廻せば絨緞の縁に添って急に落ちこんでいる地形　森にこんもりと覆われてはいるがそこなら涼し気な調

べを奏でているせせらぎだって　と歩みはおのずからそちらの方へ——左手で手籠を胸に抱え　腰を捻りながら右手を差し伸べた途端に　濡れた根から思わず足が離れ
　そのまま緑紺の深みへ　激しい飛沫をあげたかあげなかったか　あら　と叫んだか叫ばなかったか　一部始終の目撃者は柳の枝に止まった胸の赤い駒鳥だけで　が踠く間もなく浮かびあがる彼女　絹地に銀糸で緻密な花花の刺繍を隈なくほどこしたドレスが救命胴衣の代りになった　森に棲む空気の精も手を貸した　仰臥の姿勢の胸にゆらゆらの手籠を乗せたまま動悸が静まると　右頬のすぐ傍にほつほつと五弁の白い梅花藻の花々が　それをすっくと抽《ぬき》んでて菖蒲《あやめ》の死と豊饒の紫も　左手の崖には低灌木然と水に触れんばかりにはびこる野いばらの死の哀しみの白も　その奥からはこれもまた草より低木に近い立ち麝香草の死者の青い目差がこちらに注がれているる　ああこれではまるで　選りに選って冥府の王の冷酷な悦楽の中へ転がりこんだようなもの　いや　やはりそうではない　わたしはまだ暫くは沈まないし沈めないけれどわたしの現在はどうやら誰かの何かに似ている

そうだった　オフィーリアの最後の場面に　なるほどと見あげれば縦横に枝差し交す柳はオフィーリアを覆い隠したあれと同じ　けれどそれが　尼寺へ行け　直ぐに尼寺へ　と罵られた果てに見捨てられた愛の表象だったとは　むろんわたしでは及ばない　仮りに及ぶにせよやはり及ばなかったにせよ　手籠から分別と謙遜の風信子《ヒヤシンス》の白と青が覗き　眠りと忘却の罌粟の赤が瞬く　今はそれが何よりの救い　けれどけれどオフィーリアだって同じ花々に救われることがなかったとは言い切れないと遅蒔きながら思い至ったとき　死者の目差の不気味な淵から浮かびあがる気泡　直ぐにも弾けそうな気泡ほどの願望に何故か引き寄せられるわたしに気づいた　それならいっそのこと　水死を演じたオフィーリアをこんどはわたしが演じ切らねばと　七分か八分通りは成り行き上それと知らずに　かつ不器用に演じてしまっているから
　あとの二分か三分が勝負どころ　首尾よく演じ切れればイエス様も哀れと思し召され　このわたしを手籠とし祭壇として膝もとの御国に置いて下さるでしょうからと
　柳の枝の下をゆらゆら漂いくだる花模様の銀色のドレ

ス　ドレスに包まれて香菫《においすみれ》のたおやかな決意と　毛莨の
いまわの際の充溢が――

＊この詩篇はジョン・ミレー作「オフィーリア」（テイト・ギャラリー展、東京都美術館、一九九八年三月）への讃。

（『祭その他』二〇〇一年思潮社刊）

詩集〈楽器または〉から

会田綱雄

南京特務機関嘱託という資格こそ　心平の推薦によると
　は言え
兵士としての最高のキャリアを　自他の区別なく承認さ
　せずにはいなかった
戦塵をかぶりながら書いた詩の原稿を　雑嚢に詰めて持
　ち歩いた

僻地の民の　土俗化し伝承化したキリスト教とおのれの
　黙示的（啓示的）キリスト教との
狭間で悩み抜き　両者の融合に曲りなりにも到達した
この　宗教的基盤の上に成立したのが『鹹湖』だった
日頃溺愛する匕首《あいくち》を　風に逆らい　沖へと曳いて走る
　その折りの

匕首の泣き声こそ　〈忍《しの》び音《ね》〉そのもの　つまり一本の
　筒状のもの
の中から　手の切れそうな最高の音楽を　ひらひらと取
　り出して　聴かせるのだ

地平をぐるりと閉ざす山塊　その向こうにも山塊　まる
　で重なる面輪のようで
天使とか使徒とかの誰誰の　しかしそうではなかった
　魂のエンブレムだと
気づいたとき　唇の縁《へり》に疱瘡の発疹が　ぽ　つ　り

常人ならそこで　万事休すだろうが　流石《さすが》はもう一つの
　生涯へと　変身を遂げるのだ
巨大な眼球を備えたdragon-flyとめかしこみ　天国と地
　獄との往復を
散歩と洒落こんで　あっは　はっ　はっ　はっ　はっ
　はっ　と

静物

テーブルの上には竹籤《ひご》細工の手籠　手籠には凸凹で不規則ながら三角錐の形に積み上げられた果物たち　上から順番に無花果が三個　その下に西洋梨が五個ぐらい　さらにその下にネーブルが七　八個　さらにさらにその下に林檎が十個ぐらい　そしてそれらの底辺の縁を飾るかのように葡萄のマスカット種が幾房か　と言ってこれはポール・セザンヌの静物画ではない　あくまでもわたしのヴィジョンの中の果物たちだ　だからと言うべきか一つ一つがそれ独自の生を内蔵し　それを内蔵するものに特有の微光を放っている　であるからその生の一つ一つはわたし自身の生に匹敵する重さで　これはすでに覆《くつがえ》し難くて——と　そのとき　天井の辺りから何かが徐徐に降りてくる気配　見れば　テーブルの上の手籠と対照的なもう一つの手籠で上下が逆　つまり三角錐の頂点を下に向けて徐徐に　したがって互いの頂点と頂点が相触れんとする位置で　意志あるもの同士のようにぴたりと静止する　このように二つが　互いに照応し映発し合う

ほどに　テーブルの上のそれはますます現実の手籠らしく燦然　絢爛たる艶やかさを遠慮なく帯び　するとそれに反比例して天井からのそれは　あにはからんや　イデアの手籠らしく燻し銀のような底光を　謙虚に纏うといったありさまで　何たる見物か——明日も　明後日《あさって》も多分　未来永劫に亘って　ヴィジョンの果物たちは

楽器または

わたしが抱えているこの楽器によく似たヨーロッパの楽器　マンドリンだが　そちらは鼈甲製のデリケートな爪で演奏するが　こちらは直接に人間の指で弾《はじ》いて鳴らす　よく似たと言えるのは基本的な構造がそうで　どちらにも胴があり　棹があり　糸巻で締めてぴーんと弦が張られている　最も目立つ相違は　そちらが数え切れないほど仮漆《ニス》を塗り重ねて飛び切り艶やかに仕上げてあるのに対して　こちらは黒褐色の畑土を水で練って擦《なす》り付けたようにどこもかしこもざらざらしている　そればかりか鼻を寄せれば　無機質の爽やかな香の代りに有機質の尿《いばり》の臭いらしいものまで漂ってくる始末　それもそのはずで　そちらはヨーロッパの洗練の翳深い中世の産物と言ってよいのに対して　こちらはポリネシアの真ん中の洋洋たるクック諸島の　とある珊瑚環礁の芥子粒ほどの島　そこの原住民が時間の向こう側から儀式化した造り方を伝承してきた果ての土俗的な細工物　そちらが楽器としての存在から一歩たりと後退するものか　といった自己主張によって支えられているとき　こちらは楽器よりはむしろ呪具として　というのはこちらをはるばる花《はな》綵《づな》列島のわたしの身辺へと　携えてきてくれた文化人類学者の友人　彼の説によれば　疑問の余地なく呪具だからで　もしも損なわれたらなおさら彼らは　椰子の実の特大の一箇をおもむろに据えると大袈裟な声を挙げながら截ち割り　中身を抉り出してよく乾燥させると　海豹《あざらし》の鞣し革を張って胴とし　棹を取り付ければ　完成は時間の問題　こうした呪具に得てして付き物の尿の臭いを振り払うためには　何よりも先ず指で思い切って弾くことが肝要　ここから迷妄の霧は晴れ上がりすべてが開け

てくる　かくして先ずは楽音とはかなり隔たりのある木の葉のさやぎのようなものがおのずから　もう一度弾くとさらに大きなさやぎのような　重ねてもう一度　するとこんどはさやぎを超えて何か厖大な量の気体が遠慮会釈なく流入し衝突し啀《いが》み合い　唸り呻くようなむしろ轟きが　なるほどこれはいずれ楽器たるべき可能性を留めながらも　いまだ楽器ではなく　いまだに未開原始の生活態度を維持している部族の呪具　風の　嵐のスピリットを呼び寄せる呪具として機能していたのだ　呼び寄せられたスピリットは地球を駆けめぐる形で荒れ狂い　文明の兇器ならそれが制度であれ道具であれ　一つ残らず破壊して廻るのだった　されば頃合を見計らってもう一度弾くとスピリットはようやく穏やかさを回復し　濃紺の空へと身をやつしながら　あまつさえ地球をすら抱擁してくれようとしたので　鄙びた家族の暮らしがやっと緒に就き　呪具は後にも先にもそれが初体験の――楽器らしい音色をやっと奏でるのだった

菱

睡眠がふと浅くなって　どうやら今朝も目覚めたらしい　と安堵するのは　朝ごとの習いで珍しくないが　今朝に限ってどうやらそうではなさそうで　無事に目覚めたのかしら　は夢の中でそう思ったらしくて　夢はまだ終っていなかった　つまりは朝ごとの習いから奇天烈に外れながら　一向に夢の中とは知らず　ただ急《せ》く思いからわれにもなくてきぱきと　肩に小さなザック　頭に麦稈帽といった出立ちで家を出た　裏手に廻るとそこは小高い台地　台地を覆って茂る雑木林らしいところを　小一時間かけて抜けると　地の果てまで平坦に鎮まり返っている湖　鎮まり返るとはこの場合　太陽光を均一的にではあるが何故か黒一色に照り返しているからにほかならず　わたしはそこに不吉な翳を感じた　しかしそこに注ぎ込む一本の川は　どういう訳か白く耀いていて　注ぎ口の辺りには木の小舟　小舟にはこれまたどういう訳か十五　六歳ぐらいの少女が孤りで　麦稈帽のリボンをひらひらさせながら　わたしに何か問い掛けたそうな表情

を浮かべると　ときじくの霧だろうか　闇だろうか　忽ち辺りは朦朧としてきて　夢はそこで断たれた

夢は　少女のイメジがわたしに対して　特に謎を投げ掛けるような際立ったところがあるわけではなかったのでもその夢から数年後に　むろん睡眠が浅くなったときだろう　夢のスクリーンに木の小舟が　突然　大写しになるとわたしは見覚えがあるので　一体何が起るのかと漣《さざなみ》のように落ち着かず　そればかりか　小舟には年の頃二十二　三歳の　現実離れのした風情を纏う淑女が孤りそれも同じく見覚えのある面輪から　麦稈帽の少女の現在の姿であることに察しがついて　わたしとしたことが

　一週間経ち二週間経つ内にしだいに影が薄くなって数週間後には綺麗さっぱりと忘れてしまった　であるか

　言葉も出ないほどの逆浪的動揺に捉えられたのだが淑女は微熱でもありそうな上気した表情で　とき折り思い出したように空咳をする　何よりも気がかりなのは夏向きのセーターの胸が痛痛しいほど薄いことで　とあれを見て下さらない？　あの花　わたしに似てるでしょう　見れば水面には　三角型の濃緑の大きな葉がびっしりと浮いていて　その隙間から花茎をわずかに擡げながら　白色四弁の小ぶりの花　なるほど菱の花　太陽光の角度いかんではなるほど労咳と馴染みになりそうな気色の花だから　と思った途端にぷっつりと夢が跡絶《とだ》えた

こうしてまた数年が経過したが　気配らしいものは　まして誰かが　わたしを訪れてくれることはもうないだろうと諦めて　睡眠の底へとひらひら一枚の枯葉のように落ちていって　その明け方だった　何の前触れもなくいきなりわたしは　黒いマントを羽織った森の精か髑髏の王のようなものに　暴力的に拉致されて　放り出されたところは川口に舫われた小舟の上　ちらと予想された貴《あて》やかな姿はない　ぽつんと独り法師《ひとぼっち》のおのれを持て余していると　どこからか囁き掛ける声　来て下さると思っていましたわ　あの後ほどなくわたしは世を去りました

　この世の肉体としては滅びましたが　魂としてのわたしは　もう一度お目に掛かれないかととき折この辺りを

徘徊して　様子を窺っていましたの　すると主のお恵みでしょうか　手前勝手なゴスペルの到来でしょうか　ここでこうしてあなたとお互いに　わたしは魂の目で　あなたはテレパシーの目で　たまゆらを――さはさりながら最後にほんのもう一言　生前のわたしは自分で申すのは恥かしいのですが　菱の花でしたから　死後は花から結ばれた実　仄かに甘い澱粉質の肉　それがわたし　死んだ今となってはそれがわたしのすべて　どうか召上って下さいませ

*この詩篇のモチーフは、岸田稚魚（一九一八―一九八八年）の句〈胸薄く来たりて菱の花愛す〉より得た。

W・B・イェイツ

あなたはひどく風変わりだ　でなければそこからいっかな抜け出られぬ　弱年に
ふさわしくとてもシャイなのだろう　宗教の超越　絶対　必然はさて措いて
芸術の普遍　自由　偶然を選択した　妖精信仰の森に分け入り　カバラの
黒い神知学をひもとき　果てはオカルト結社「黄金の曙会」にせっせと通った
以後の安閑の度が過ぎたからだろうか　突然襲い掛かってきた地殻変動
ロマノフ王家に対する血の粛正とロシア革命　まるでマルキシズムが
ヨハネの黙示録に語られる　キリストの再臨に　取って替ろうとする魂胆　それが
ベツレヘムの方角に身を屈め　直ぐにも生まれ出でんばかりのスフィンクスとは
旧約最大の預言者イザヤに止むなくなり替って　あなたは歌い出す
礫地よ　がれ場よ　みずからを喜べ　パンパスよ　欣喜雀躍せよ（rejoice）*

大いなる一輪の薔薇のように花開き　太陽を転がして欣
　喜雀躍せよ（rejoice）
獅子はレバノンの栄光を授けられ　前脚を揃えて踞《うずくま》る
　小羊の前に

小惑星帯がダイヤモンド・ダストに等しい構造であるの
は
神の創世の御業に根差しているから　であるからとダス
トのひと粒に
身を寄せれば　あれほど執着した芸術の原理もぽい捨て
の弊履《へいり》　逆に衝動的に
むしゃぶりついたのが宗教の原理だったとは　されば三
位一体の乳首に吸い付いたのね　あなたが

＊イザヤ書三五章一節より。

（『楽器または』二〇〇二年思潮社刊）

詩集〈フランス南西部ラスコー村から〉から

何処《いずこ》へ

小学校に入るか入らない頃だから　おそらく六歳か七歳
の頃のことだったろう　幾枚とも知れず数え切れないほ
ど一面に接続して　拡がっている水田　そういう水田の
遙か向う側の　と言っても今こうして佇みながら　間間《まま》
見霽《みはる》かしているところからでも　そんなに遠くまで見通
せはしないから　子供仲間での噂にすぎなかったらしい
のだが　あの遙かな向う側に　浮沼つうのあるんだとよ
　それがだよ　何日か雨が降り続くと　まるで今にも溢
れ出しそうに盛り上がってくる　だけならまだしも　き
らきら目が痛いほどに燦き出すんだとよ　そんなときが
一番危ないんだと　溢れ出て来ねえ内に　いちもくさん
に逃げ出さねえと　沼のでっかい緑の手につかまって
引き摺り込まれるんだとよ　といったような　子供なが
らに身の毛のよだつ噂話は　それだけに好奇心を掻き立

てるから　一番の仲良しをひとりかふたり誘って見に行くべか　いやいや　そんなことから噂が拡がって　自分の親に知られたら　浮沼なんどというおっかねえものに　金輪際近寄ってはなんねえど　と頭ごなしに叱られることは火を見るより確かだし　そんならひとりでこっそり見にゆくべか　と思い込んだら　あとはなんつうこともなく　気が付いたら　浮沼の今にも崩れそうな水の壁の直ぐ傍に佇んでいたっけ　目を近づけて覗くと　壁の表面張力はいっかな崩れそうにもなくて　今の内に安全圏内へともぞもぞ　後退り《あとずさ》もよいところ　細かなほそい藻かアミーバーのような　何やら不定形のねばねばした集団がこちらにごろん　あちらにごろん　と急速に密度を加えつつ　空間を占領してゆくさまは　緑の魔の手の貪欲つうものの　投影にほかならないから　いっそのこと見て見ぬ振りをするのが　一番よいと　傾きかけた貴重な陽を　おのずから背にすれば　一歩一歩と遠離るわたし　遠離る山脈　それすらすでに夕靄の中では　起死回生のまじないを呼び戻してくれるかも　と　ちなみに線ほどに薄く目を開き　そのままに閉じないで　思い切って大地を蹴れば　何と涅槃はつい目と鼻の境——浮沼こそ釈迦一族が次次に湯浴みをした　と伝えられるなるほど浴槽かも知れないと　あるかなきかの首《こうべ》を傾《かし》げながら　もしかして無量光《アミターバ》の花苑《その》に　さてこそかすかにでも触《さわ》れはしないかと　南無——

再《ふたた》び何処《いずこ》へ

当年七十九歳と相成ったこのわたくしめの髪の毛が　何とまあ煙のように棚引く　頭の天辺が　だ　荊の冠を戴くあの方の足裏《あなうら》の　釘打たれた傷口　神なればこその傷口　その唯一《ゆいいつ》絶対のアンビヴァレンスに届くまでは　と思い込んだのが運の尽《つき》——しかもあの方が仲保者*ですから　その手をお借りするわけにはゆきませんし　けれどね　その方には内緒でさ　渾身の力を込めてジャンプ幾度でもジャンプ　金輪際ジャンプ　ところがそれではゼンマイ仕掛けの　ブリキの玩具そのままでして　やはりこれでは神の意図を誤解した人間の　自縄自縛のなれ

の果　となると原因はすなわち　考えるということではなかった

神も人も同列と措定した　近代科学の錯覚にあったはず　としたらわたくしめの若き日の　通過儀礼の試練の書だった純粋理性批判とか　そういう類《たぐい》のものが対象なら　考えたことになるのかな　おいおい馬鹿も休み休み言わないとね　馬鹿にすらなれっこないんだよ　何故って？　あんなものは負《ふ》を引き出すイントロとして　便宜的に受け取らないとね　何故ならだよ　百四十億光年前のビッグバンから誕生した宇宙は　負の原理をそもそもの発端としたはずで　つまりは負を踏み越えるとき　ぴかりとも言わないで一瞬にして　零《ぜろ》へと宇宙は還元するはずで――と来れば　このロジックを　もっと卑近な問題に宛てがうと　どうなるかな　あの方のタイポロジー＊＊をアダムに措定する傾向が　ファッション・モード化してしまって　全く以って言語《ごんご》道断！　それならばですよ

開悟の朝の光を肌一面に迎えた釈尊さまの方が　あの方の相手役としては遙かにふさわしいでしょう　互いに互いのタイポロジーたり得る可能性まで　予見できるでしょうから　つまりですね　いやそんなに興奮なさらないで　お気を鎮めて下さいな　肉眼では直視不可能な真理ですが　あの方が宇宙を右から廻ったとすればね　釈尊さまは　同じ宇宙を左から廻ったわけでしてね　それこそあっはっはっですよ　わたくしめにとってこんなに愉快なことって　人類の歴史の上ではなかったんじゃありませんか　徹頭徹尾一度限りの掛け値なしの真理でしょうから　あっはっはっ　へいほっほっですね　アダムはすでにバツイチですから　舞台裏へ下がってもらって

何はともあれ真っ先にですね　負の宇宙の象徴としてエデンの園を　林檎の木を守護してくれたのは　あれは誰でしたか　潺潺《せんせん》の流れを逆に辿り　発端へと遡行して　するとやはり釈尊さまでもあり得る　あの方ですか

ぎっしりの円《つぶら》な林檎がですよ　声を揃えて　いとも潺潺といとも縹渺《ひょうびょう》と歌うのですから　天界から落下して来た　このわたくしめの鼻先でね　どの林檎も恬淡《てんたん》たる表情にも拘らず　ひたすら讃辞を　二つのお顔を持つあの方に捧げるさまは　今生の絶景でしょうか　高揚して止まぬ声調の合唱に　さながら揺さぶられる森　揺さぶられるエデンの園　忽ちあっはっはっですか　いやほっほ

っほっと来て　宇宙の負のドラマに　喜ぶべきか悲しむ
べきか　時間切れの幕ですか　と来れば　絶対に避けて
は通れぬ　フレーズ一つ　quo vadis? Domine***（何処へ行
きたもうや　主よ）

＊神と人間界の仲立ち役、旧約聖書のアブラハム、モーゼ、新約聖書のイエス・キリスト。

＊＊旧約の出来事は、歴史的な事実でありながら、同時に予型、予表として、新約における出来事を、その予型、予表の成就として指し示すと考える、神学の重要なテーマであり、方法論である。予型論、予表論と訳される。

＊＊＊出典はカトリック教会公認の、四世紀ヒエロニュモス・エウセビオスによるラテン語訳ウルガタ聖書。〈ウルガタ〉とは〈万人によく知られた〉、〈公布された〉の意。

アケボノアリを枕として

いつの頃からか　習慣化してしまった朝ごとの行事は
完全にはまだ覚め切っていない寝惚け眼《まなこ》のままで　新聞
の朝刊を開くことだが　国際政治面　特にイラク問題も
さることながら　と言うよりもそれはむしろどうでもよ
くて　つい今朝方も　「大発見　琥珀の中にアケボノア
リ」*という見出しから　衝撃を受けたばかりで　つまり
はその瞬間にぱっと目が覚めたわけで　となれば素通り
するわけにはゆきませんね　とほほほほ　おやどなたか
が　わたしの代りにお笑い下さって　何と仕合せなこと
か　まるでゴスペルの御到来にもひとしくて　と舞い上
がってしまっては　後が危ない　されば首《こうべ》に　いささか
の垂鉛《おもし》を吊しながら　記事を見直せばこうでしょうか
八千五百万年前の白亜紀後期の地層から採取された　琥
珀のひとかけらが問題になりました　よく見ると中に何
かが入っていて　それはどうやら虫らしくて　そこで日
本蟻類研究会の久保田政雄氏が鑑定した結果は　アケボ
ノアリ亜科の一匹で　体長六ミリ　触角がくの字に曲っ
ているのが特徴とかで　とにかくこのような蟻の化石は
　北米とロシアで発見例があるが　日本では初めて　気
候の大変動で　恐竜と共に絶滅したアケボノアリですね
と　これだけのいささかの過程で　思わず胸がわくわ

くしてくるのを押さえるすべはなかった　さてと　生きていたときの格好のままで封じ込められながら　ホモサピエンスの新人の一人を興奮させたとは　厖大な時間の経過の中で　一度起るか起らないかの　稀少価値燦然たる一つの事件ではなかったか　ここで翻って多少冷静に考えてみれば　興奮とは人の心の状態の　予想を絶する激越な変化を言うはずだから　琥珀に限らず　何らかの物質の中へ封じ込めることは　果たして可能か　心は蟻のように物としての存在性を備えていないから　結果は

　当然　蟻の足もとにも及ばない　ああやんぬるかな

優柔不断のわたくしめを　せめて　捩じ伏せる思いでえいっ　えいっ　えいっと　気合を立て続けに浴せ掛ければ　いささか効果も――　おのずから見えてくる景色は　どうやら銀河の数倍の大きさの　独立した渦巻型の

　永遠に旋回して止まぬ　時空連続体であろうから　それは一つの巨大な太陽系を右に　さらにもう一つの巨大な太陽系を左に　という具合に　焦点を二つ備えた　楕円型の宇宙らしい　加うるに構成物質を圧倒的に支配するのは　多分ただ一つ　超絶的一者でありながら　決して姿を現さなかった神への　原始信仰を培《つちか》ったあの系統の想像力だけであったろう　多少は紆余曲折を経たにしても　結局は　在天の神と下界の人類との間に贖罪の契約を現実化された仲保者**イエス・キリスト　彼こそ　この系統の想像力の権化として仰がれねばならないだろうか　しかしだ　その仰ぐ視線を　現実の世界ではときに逆に辿りながら　無上のゴスペルが賜物として　このわたくしめの魂に　恐れ多くも流入することが　あるのではないか　となれば言葉では計れぬほどの結果を　それはもたらすだろう　ましてや神の目差《まなざし》によって生み出されたものに　宇宙的オーロラがある　わたしの上下　前後　左右に　伸縮自在に一見徒に揺れ動く　紫紺の光の幕　これこそ正しく一人の仲保者の果てしない沈黙を支えながら　しかも平然と彼の両極を結合する　決断の目差ではなかったか

*讀賣新聞、二〇〇四年五月五日号。

**神と人類の仲立ち役。ユダヤ教ではモーゼ、イスラム教ではムハンマド（マホメット）。

蜆蝶になればなったで

わたくしという蜆蝶にとって　現世における事柄の進行
状況は　見た目ほどには簡単ではなかった　二本のアン
テナをぴんと伸ばしながら　風の裏側のほんの数センチ
立方の〈無風地帯〉を探り当てると　先ずはそこに引
き籠もって　おのれの本能的感覚を唯一の頼りとしなが
ら　待つのだ　何を待つかは言わずと知れたこと　太陽
の高度　光の射し込む角度が　このわたくしを釘付けに
する位置にまで来なければと　幾度でもくるくるっと巻
いて仕舞っておく細い口を　するするっと伸ばしたり
またくるくるっと仕舞ったり　予行演習の繰り返しにい
やはや草臥《くたび》れてしまって　いやはやそれならと　パンジ
ーやらデージーやらクロッカスやらの幻を〈複眼〉いっ
ぱいに咲かせては　ああ極楽　極楽　いやはやどうもと
　幻の花弁の翳で睡り込んでしまったりで　目覚めてみ
れば　何をか言わんやの傾斜面を　幾度となく滑り落ち
るだけで
と言って　場面が入れ替ればどうなるかな　たとえば仰
角四十五度といった険峻でなくとも　海抜二〇〇〇メー
トルを超える地帯では　天候が急変しがちだ　あっと思
う間にガスに巻かれて　方位が分らなくなるし　華奢で
折れやすい脚が　得体《えたい》の知れぬ白一色に呑み込まれて
心細いばかりか危険極まりない　止むを得ず蹲《うずくま》って　ガ
スが通過するのを　ひたすら待つほかないおのれの姿を
　否《いな》みようもなく　まして加担して下さるはずの神の姿
も　どこへやら　となれば当然　狂暴な台風に吹き飛ば
されて　那須連峰の向う側の谷底へと放り込まれる始末
　確か三斗小屋温泉へと通じる路の　それも暮れかけた
薄い光の中でひらひらと　むしろふらふらと　羽搏いて
いる〈つもり〉だけが　積ってしまうていたらくで
どうやらおのれが蜆蝶であることを〈括弧〉でくくり
たくなる季節の中へと　知らず識らずに分け入って来て

いたらしい　十重二十重《とえはたえ》の紅葉の奥の奥に　どうやら浴槽らしいものが見えてくる　今日は午前　午後を通じて　しきりにわたしを誘《いざな》うものがあることに　気づいてはいたものの　その正体は容易には見えて来なかったがそれは正しくあれかも知れぬと　それがわたくしめの錯覚でなかったとするなら　季節の奥の奥からの　つまりは紅葉の最果《さいは》てのあそこからの〈誘《いざな》い〉であるとするなら　それを性急に拒むには当らないだろうが　問題はそこに納まり切れぬものがありはしないか　蜆蝶であるこのわたくしめの　末後の空間のありようが　仮にもここに示唆されているとしたら　事は極めて重大だろう　浴槽の機能は忽ちにして　棺のそれに変わるから

とにもかくにも難問解決のための　糸口は　このわたくしめであるところの　蜆蝶に　取って代るべき対象はこれだとか　いやあれだとか　特定できる領域内に潜んでいる　に違いなく　これはいずれ　発見可能だろう発見可能とは　放置しておいてもよいことだから　推論の一つ前のステップを考察し直すとして　〈蜆蝶に　取って代るべき対象〉とある箇所に　注意を集中するなら〈蜆蝶〉は補語　〈対象〉は主語という構造であろうこれを思い切って逆転するなら　〈対象に　取って代るべき蜆蝶〉となって　〈対象〉は補語　〈蜆蝶〉は主語となる　そればかりか何と後者には　蜆蝶の変身可能性が現実性をまとって　目の前に出現したことになるだろうし　それればかりか焦点をそこに定めて　と見こう見するにつれて　焦点自体の自己実現の願望からか　全身から自己増殖の光を放射しながら　あっと思う間もあらばこそ　巨大な太陽がゆらりと

しかし　だ　可能性の現実化として　すべからく太陽が崇められ敬《うやま》われるシチュエーションを具体化するとなると　意外に面倒だ　先ず熱帯地方は異論の余地なく　外《はず》せるとして　そこから極地に向って遡《さかのぼ》ればのぼるほど太陽の価値は増加しよう　たとえば樺太　北海道　千島列島の位置と　そこに住むアイヌの人人　を思い浮かべてみよう　アイヌ語で誰もが知っている言葉を引くなら〈ラッコ〉だろうか　それはわたくしめにとって　消

えてほしくない言葉の優先順位からすれば　常に動かしがたく　真っ先にくるだろうし　考えてもみよ　海面に仰向けに浮かびながら　その腹に乗せた石を道具に　貝殻を割って　食事する習性のいじらしさ　それに対して〈蜆蝶〉は　いかなる伝説とも無縁の　記号にすぎないし――　となればわたくしめの変身の際に　どちらを選ぶかは　言わずもがな　水遁の術すら危なっかしい〈忍者〉もどきに　ラッコ紛いの口髭まで動かしながら　あっはっはっはっはっは　これこの通り　どろんと！　はっはっは！

フランス南西部ラスコー村から

フランスは南西部ドルドーニュ県　ラスコー村に　ぽっかり入り口の開いた　洞窟壁画　それと直《じか》に対面することだけが目的の　ひとり旅だが　未知の洞窟を念頭に置いて　装備だけは結構――右手にピッケル　左手にカンテラの灯火《ともしび》を掲げながらだが　今ではおぼろ気な　半世紀を優に超える物の本による記憶だけが　唯一の道標《みちしるべ》にほかならぬとすれば　予想以上の苦慮　憔悴《しょうすい》は回避しようもなかった　人ひとりが頭を低くして通れるほどの窮屈な凸凹道で　それを四十歩五十歩と数えながら　迂闊にも突然額を打ちつけそうになって――止むを得ないなと　今きた道を半ば近く引き返すと　大袈裟な岸壁の蔭に隠れて気付かなかった　もう一つの通路の穴　そちらを不承不承辿るのだが　またまた額を――といった体たらくから　断念しかけた時だった　突然　灯火に照らし出された　クロマニヨン人の壁画　冴え冴えとした浮彫りだが　三万二千年前のホモ・サピエンス　旧石器時代のひとびとが　根限り工夫の限り描き残した原始宗教性の勝った　なるほど美術作品だ

牛らしい姿　鹿らしい姿の　生き生きとした線刻に立ち止まる　流布されている解説では　狩《かり》の絵の由だが　狩の首尾よきを願う共感呪術の表現に　どこか納まり切れぬものが　感じ取れはしないか　牛や鹿に対するクロマニヨン人たちの優しさが　であって　それは彼等の同類

意識の微妙な衝動性に　起因するのではないか　つまりは　である　同類でありながら　殺して食べる側と　殺されて食べられる側とに分かれるとき　食べる側の　食べられる側への優しさは　徐々に絶大なものとなり　それに平行しつつ　殺して食べることから生じる罪の意識も　絶大なものとなるはずだ　そして優しさと罪の意識とが相互に表裏の関係にあるところから　時宜を得て結合するなら　その結合こそ宗教的信仰を育《はぐく》む　ゆゆしき契機にほかならぬ——と考えられはしないか　現世を振り切って上昇しようとする　精神構造から　唯一　不可欠の　絶対への衝動が生み出されるだろう　いいかね　ウイリヤム・ブレイクが　言葉に難渋しつつ　言葉を一つ一つと消しながら　ほんの暗示に留めたように　イエスは　罪深き人類によって食べられる　何と　神の子羊であったのだ

童話的なライオンが一頭と　犀が一頭　しかし鹿や牛とは段違いに　ひどく立派に扱われていることが　絵本を開いての初対面だったにも拘わらず　子供のわたしの目にも　わくわくするほどはっきりと分かった　が　これが大人の目であったなら　世俗的価値判断の介入によって曇るはずだから　恐らくは朦朧とした画像しか　むすばれなかっただろう　あの時の印象は　さながら巌《いわお》となって　現在のわたしの中に鎮座している　ライオンにせよ犀にせよ　かつてクロマニヨン人たちにとっては　原始信仰の神に近いか　むしろ神の化身として畏怖の念を籠めながら　仰ぎ見られたのではなかろうか　が——子供のわたしには　そんなことは　正直に言って　どうでも良かった　父さんライオンに母さん犀だから　どちらが先でどちらが後で　といった優先順位などあるわけがない

たとえば　だ　危険な森の中のさらに危険な川のほとりで　迷子になった子供が　鰐か大蛇に狙われて　立ち竦んでしまったとしよう　野生のテレパシーでそれを察知するや　どちらも猛然と　駆け付けてくれるだろう　だから仮に片方に絞ってこう言ってみようか　僕はね　ライオンに遊んでもらうのが　嬉しかった　と　——ふさ

ふさの鬣に縋り付くが　縋り付いたままのわたしを引き摺りながら　酷熱の太陽のお蔭で　砂嵐渦巻くサヴァンナから　鬱蒼たる森の中へ　そして一本の巨木の前でわたしを振り返り　梢を振り仰ぐ　御覧よ　という合図だ　葉という葉は一枚の例外もなく　金色に照り映え葉の蔭には　これまた一個の例外もなく　金色に発光する果実　葉にせよ果実にせよ　それは　百獣の王の御出御を迎えるべく　盛装した姿だったのか？　果たしてそれは？

わたしの佇む現在のこの場所が　エデンの園を　直ちに　そっくりそのままの景観で　思い出させるとしたらクロマニヨン人たちは　かつてここで　どのように身を処したのだろうかと　考えないわけにはゆかない　クロマニヨン人たちも　金色の果実を見たのだろうか　いや彼等はわたしより賢明だったから　ふとした光の加減での　錯視に過ぎないとして　却下しただろう　正体は実は真っ赤に熟した　鈴なりの林檎だったのだ　わたしは手当たりしだいに林檎を食べた　満腹感のもたらす安堵感もまた　ここがエデンの園なら　理に適《かな》うと思いながら　犀の脇腹の凹みに体を丸めると　わたしは深い眠りに落ちた　と　夜気を劈《つんざ》くハイエナの遠吠え　びくっとして眼を開くが　網膜に映るのは　ハイエナとは異次元の　百四十億光年前の刻一刻と成長し続けて止まぬ大宇宙　それを示唆して余りある　満天の星だ

あれが獅子座かな　だとしたら背後には　巨大な渦状星雲が　唸りをあげながら旋回していることも　あり得ようし　未だに発見されたというニュースを聞かない　犀座でさえ　この広大無辺の天体のどこかに　明滅を繰り返していないとは　保証の限りにあらずで　と　星空を　と見こう見　観察しながら　わたしはおのれの体が気化してゆくように　いやむしろ同化してゆくように　感じられたのだ　同化して　とは無論のこと　大宇宙の運行のリズムに　だが　それにつけてもだ　同化して満ち足りる感覚とは　比喩的には　望遠鏡ではなくて　あくまで顕微鏡でこそ観察可能な　大宇宙のミクロン・クラスの一つの因子として　紛れもないわたし　がいたはず

で　そのこと自体にほんの塵ほどの疑問も　もしなければだが　以って素直に瞑目すべきであろうか　自らは敢えて言挙げせぬ　因子自体のためにもね　が　天体を疑問符付きで　包み込むらしい夕映え　とにもかくにも明日を　多少は約束してくれるらしくて　当てになればの話だがね　世紀末の夕映えよ

反歌

北緯七十度に位置する最北端のフィヨルドだが　そこの鬱然たる洞窟の岩石絵画は　直ちに現代のヴァイキング美術の原型であった　そこに現れる狩猟のさまざまは彼らがトナカイを呼び　へらじかを呼び　鯨を呼んだことと　等価的な関係にあっただろう　それは友を呼び息子を呼び　妻となるべきひとを呼び　神を呼ぶこととすら等価的であっただろう　何となれば狩猟は獲物を殺すことではなくて　獲物と一体になるために　獲物を呼び寄せること　白夜の空に向かって　彼らはめいめいが一体になりたいものの名を　懸命に　必死の思いで呼ぶのだ　それはかつてスカンディナヴィア半島の西側の断崖絶壁の危うい縁に　辛うじて取り付きながら　神の超絶的な愛におのれの命を預かっていただく形で　素朴な生活に入ってからこの方　彼らの不変不惑の欲求でありむしろ際限なくその谺が反復されることを　ひたすら乞い願う　一種の祈りのごときものであったから　ではなかろうか

（『フランス南西部ラスコー村から』二〇〇五年思潮社刊）

評論・エッセイ

管見二題
西脇順三郎と村野四郎

西脇順三郎

「無限」主催の講演会（明治神宮外苑絵画館、昭和五十年）のときのことだ。前座としてわたしが「エンプソンの曖昧性の詩学」と題して語った後の、真打ちは西脇順三郎の「詩について」で、〈詩の本質はイロニーにあり〉という持論を展開されたが、〈イチジクが人間を喰っている〉という反語の例を挙げて笑いを誘われたのには、さすがだと感銘した。

終了後、居酒屋に席を移して、西脇先生を囲む談笑の楽しかったこと。福田陸太郎氏、それに慶光院芙沙子、鍵谷幸信、あと二、三人いた気がする。先生の謦咳に接したのはこれが二度目だった。

先の引用は自作の二行詩「ロートレアモン」で、これは詩集『鹿門』（昭和十五年）の一篇だ。ついでにもう一篇「多摩人——村野四郎君へ」は次のようなパートが目を引く。

垂直にぶら下つてみても／鉄棒に永遠の哀《あい》が／つたわつてくるばかりだ／でもわれわれは体操をやめないのだ／脳髄の体操を抒情の体操を／イルカのように天空へとび上り／われわれのさか立ちが／麦の黄金のゆらぎになるまで——

村野さんへの一種のオマージュなのだ。

西脇順三郎に初めてお目にかかったのは、逆算すると昭和四十一年、松田幸雄の『詩集・一九四七—一九六五』の祝賀会においてで、会場は俳人楠本憲吉経営の料亭灘万（銀座築地）だった。地理不案内で懸念したが直ぐに分った。暖簾を潜ると西脇さんがもう畳に座っていらっしゃる。名告って挨拶をすると、「無限」で詩論は読んでいますよと仰しゃる。もっとこちらへ、とも。オーバーのポケットから何やら取り出される。無造作に丸めた原稿の束で百枚近くありそうだ。「無限」への「ボードレール論」で、読み考え書くのに三ヶ月かかったと、差出して見せて下さる。こうして三十分以上経過して、参会者が見え始めた。

それはそうと西脇さんの『失われた時』（昭和三十五年）は天衣無縫で流動的な、一五三〇行の大長篇詩。言葉の往きつ戻りつの運動が直線運動に聚斂されるや、その果てに見えてくるのは〈水〉という原型的イメジで、結末はこうだ。

すきなやつくしをつんだわ
しほひかりに……
あす　あす　ちやふちやふ
あす
あ
セササランセサランセサラン

永遠はただよう

濁音が清音に変化するのはイメジが水に溶解するさまだし、〈セササラン〉は水の擬声語。その水音もやがて消えてしまう。それはゼロの夢、水の夢への厖大なリズムの形式だ。

西脇さんに捧げるわたしのオマージュは、いささか照れ臭いのだが、直接の対象はやはり『失われた時』であっても、全作品を念頭に置きながらこのように記した。

詩人の口を通して、詩がとめどなくあふれ、流れ出てゆく。ときに重々しく、ときに軽快に、ときに自然の風光が、ときに哲学的な思索が、またときには東西の詩人の詩句のパロディが、流れきたり流れ去る。（略）私的なささやきがそのままミューズのささやきでもあるといった、つまり詩の霊媒と化した詩人のtranceの状態、意識の純粋持続の状態、それの最大の規模のものであるといった印象を受ける。（『定本西脇順三郎全集別巻』平成六年、収録の拙論から）

村野四郎

慶光院芙沙子氏が豪華な詩誌「無限」を創刊したのは昭和三十四年だったが、本気で協力したのは村野四郎さんだけだったのでは？　わたしが神話批評の方法を模索しながら書いた「蓑虫考」、続いて「詩と神話」は村野さんの厳しい目を通過してⅣ号、Ⅴ号に掲載された。詩作品についても同様だった。

詩集『実在の岸辺』（昭和二十七年）の「黒い歌」に、わたしは震撼した。

目からも　耳からも
暗黒があふれて
夜に溶解した肉体が
口から　流れだしている
あれはいったい　何という人間だ
あの黒い歌

これは前半だが、繰り返し読むと、戦前からの持論の新即物主義と戦後流入してきたハイデガーの実存主義とを重ね合せながら、思索の奈落の底へと身を沈める趣きがある。そこから当時の日本人の精神的境位を把握すべく工夫されたのが、ここのアレゴリー的メタファだったのだろう。

十数年後のこと、田村英之助が結婚披露の宴席に村野さんを招待した。〈新郎は今売り出し中の詩人中崎一夫でもありまして〉と祝辞を述べられた。後日、額装した自作詩揮毫の品を、お祝にと話があったとき、中崎は星野にも何かを、と所望したらしい。中崎経由でわたしは色紙を頂戴した。『抒情飛行』（昭和十七年）の標題作の中からアレンジして、

わたしは
　　星ではない
わたしは飛ぶ
　　夜の中を
　　　　　　　　　　四良

今ではわたしの門外不出の宝なのだ。

村野四郎の実存主義思想が遂に奈落の底を叩き割ったのが『亡羊記』（昭和三十四年）だった。「後記」には初めてこう記した。芸術行動は〈存在忘却の夜〉からの〈脱出企図〉で、〈不在の神〉への〈受胎的近接〉（ハイデガー）〉だ、と。「塀のむこう」から引くと、

さよならあ　と手を振り／すぐそこの塀を曲って／彼は見えなくなったが／もう　二度と帰ってくることはあるまい／／〈塀のむこうに何があるか（略）言葉もなければ　要塞もなく／墓もない（略）

このように書いていきて、結末はこうだ。

地球はそこから
深あく虧けているのだ。

けだし最高の一篇だろう。

翌年この詩集で読売文学賞を受け、椿山荘で祝賀会が催された。田村もわたしも出席した。「現代詩手帖」と「無限」で特集が編まれ、後者にわたしは恩返しとばかりに「村野四郎と伝統、また実存」を書き、前年には「地球」に「村野四郎と「鹿」」を書いた。

村野さんの病気見舞に松林尚志と自宅を訪れた。不自由な腕で上体を支えながら、相変らず詩の極限に眼を凝らそうとする詩人の姿があった。そのときの衝撃的な感動から発想されたのが詩篇「一九七四年春」（詩集『玄猿』昭和五十四年）だ。従ってそれは追悼詩ではない。

（略）詩人は　からだごとゆっくりと傾けて　硯を引き寄せた（略）これね　『亡羊記』の賞なんだよ（略）夕靄はいつか部屋の中に（略）　筆をもつ姿が見えかくれして　『詩的断想』の𣇄曖たる見返しに　一九七四年春　四良　と書きかけ　ゆっくりと顔をあげた　そのかんまんな動作は　パーキンソン氏病徴候群の一つなどではなかった　いわばおのれを閙《さわ》がす瓢《ひさご》として　肉体をすら脱ぎ棄てようとするひとのものであった　重巌蒸雲のあいだから　ふたたびゆっくりと姿を（略）

（「白亜紀」一二〇号、二〇〇三年十月）

ルネッサンス期、シドニー卿の〈物言う絵〉

フィリップ・シドニー卿（一五五四―八六）と言えば、わたしにとってまっ先に想い出される一つの逸話がある。子どものころ確か「少年倶楽部」か何かで読んだのだったろうが、彼は或る戦闘に指揮官として臨んだとき不運にも敵弾に倒れた。激しい渇きをおぼえて従卒に水を求め、飲もうとすると、かたわらに同じく瀕死の兵士が水を求めて喘いでいる。シドニー卿は、きみの方が咽喉が渇いているようだからといってその水を与え、兵士が末期の水に満足して死ぬのをみとってやった、という話である。じっさい彼は、一五八六年、ネザーランドのズットフェンの戦闘で負傷し、三十二歳の生涯を閉じたのだが、右の逸話は、彼が慈悲深い騎士としてイギリス国民から敬慕されていることの証拠ではあるかもしれない。あるいは敬慕の情が生み出した一種の伝説であるのかもしれない。彼は軍人であったばかりでなく、政治家であり、エリザベス女王の信任厚かった廷臣であり、詩人であり、文学批評家であった。短かい生涯において多様な才能を多様な分野に発揮したところの典型的なルネッサンス人であった。有名な長篇詩『アルカディア』は、妹のメアリー、つまりペンブルック伯爵夫人のつれづれを慰めるために書かれたのだが、この、ギリシャの桃源郷に場面を設定した牧歌的物語詩は、シェイクスピアをはじめとして、エドマンド・スペンサー、フランシス・ボーモント、ジョン・フレッチャー、ジェイムズ・シャーリーその他の詩や劇に原話を提供し、後進の詩人たちの創作欲を刺激した。

さて、シドニー卿の『詩の擁護』*Defence of Poesie*は英語で書かれた最初の、しかも本格的な詩論であったが、この詩論執筆の動機となったのは、たまたま彼に献呈されたスティヴン・ゴッソンの評論『悪弊の学校』であったらしい。この評論は、〈詩人、笛吹き、俳優、道化師、また国家の毛虫のような輩に対する痛快な毒舌を含む〉という副題からも推測できるように、清教徒に特有の潔癖な道徳感情から、当時の演劇のありようを風俗紊乱の害ありとして非難したものであった。しかしこれに対して、シドニー卿の詩論が正面から反駁を加えたわけではなく、じっさいゴッソンの名はそこに一度も出てこないのであって、むしろ『悪弊の学校』を黙殺した形で、彼は詩の本質や効用といった普遍的な問題について、おのれの文学的教養を傾けながら論じたのである。であるから、この詩論にはルネッサンス時代の詩意識の、つまり詩にかかわる詩人の自覚の、それの最高の水準でのありようが見られるはずであって、わたしの興味もそのありようの上に集中されることになる。たとえば冒頭から三つ目のパラグラフにこのような文章が出てくる。

同じくローマ人の間にはリヴィウス・アンドロニクスやエンニウスがおり、同じくイタリア語においても、詩を高めて知識の宝庫にまでした最初のひとびとは、ダンテ、ボッカチオ、ペトラルカのような詩人であった。同じくわが英語においてもガウワーやチョーサーがおり、またこれらのすぐれた先例から勇気と喜びを受けて他のひとびとが続き、わが母国語を美化してくれたのだが、これは詩の場合と他の学芸の場合とを問わずそうであった。

ここで注目したいのは、詩と母国語との関係についての自覚、詩を書くことによって母国語を美化することこそ詩人の使命であるとするシドニー卿の自覚である。この自覚、使命感には、イギリス人であれば先ず英語で書くべきだとする義務感が切り離せない形でともなっていると見られる。このような使命感や義務感が、ルネッサンス時代に特有の、民族の政治的、文化的、宗教的自立の気運と密接にかかわっていたことは言うまでもない。シドニー卿のいまの言葉は、イギリスのいわば文明開化時代の象徴的表現でもあった。

だが、〈わが母国語を美化してくれた〉という言葉に、わたしの眼が釘付けにされた理由はほかにもあった。T・S・エリオット（一八八八―一九六五）の『四つの四重奏』の終曲「リトル・ギディング　Ⅱ」の次の部分と、何がしか触発し合うように感じられたからである。

わたしたちの関心は言葉だったし、言葉に強いられて
　わたしたちは
民族の方言を純化し、
見直し見通しにこころを砕いたのだから、
老齢に到って与えられる賜物を披露し
きみの生涯の努力に錦上花を添えてやろう。

ここの〈民族の方言を純化し〉はシドニー卿の言葉によく似ている。もっともそれは、マラルメの詩篇「エドガー・ポーの墓」の〈民族の言葉にいっそう純粋な感覚を与え〉を踏まえたものだとされていて（グローヴァ・スミス、ピーター・ミルワード）、おそらくそれはそうなのであろう。だが、エリオットはなぜ、民族の言葉とか言語と言わずに、方言という単語をことさら用いたのだろうか。英語文化圏の中での標準語とそれに対する地方訛という観点から、地方訛を標準語に近づけるという意味で、〈方言を純化し〉と言ったのだろうか。ここで想い出されるのは、エリオットの二度目の「ダンテ論」である。そこで彼は、〈ダンテを英語に翻訳する場合よりもシェイクスピアをイタリア語に翻訳する場合の方が、失われるものが多い〉と述べ、その理由を、〈イタリア語、特にダンテの時代のイタリア語は、普遍的なラテン語の産物であるところから大変得をしている〉のに対して、シェイクスピアが〈自己表現のために用いねばならなかった言語には、地方的な要素が遙かにこびりついている〉からだと考えた。つまり、ダンテのイタリア語の透明さとシェイクスピアの英語の不透明さ、ここに原因があると考えたわけである。中世ヨーロッパの標準語であったラテン語、あるいはそのラテン語から派生して間もない時期のイタリア語のもつ普遍的な性格に較べると き、英語の地方的な性格は誰の眼にも明らかである。その意味では英語は一つの方言にすぎない。先の引用において、〈わたしたちの関心は言葉だったし、言葉に強いられて〉とある言葉 speech と、〈民族の方言を純化し〉にある方言 dialect とが、むしろ対照的に布置されていることに留意したい。普遍的なものと地方的なものとの対照的な図式がここにも見出されるはずで、とすると、エリオットの詩行は、詩人を超える普遍的な言葉が、詩

人にはたらきかけ、詩人を通して、詩人の直接の媒材である母国語を純化せしめる、という思想の表現として見る以外になくなってくる。

エリオットの〈民族の方言を純化し〉が、たとえばダンテの言語を標準とし、それに照らしながら母国語を純化することの意味であるとするとき、それは、マラルメの詩句を踏まえたにせよ、一瞬にして四〇〇年の時間的懸隔を跳躍してシドニー卿の思想に接近するのではなかろうか。シドニー卿の〈わが母国語を美化し to beautify our mother tongue〉とエリオットの〈民族の方言を純化し to purify the dialect of the tribe〉とは、句の形の上でも、思想の点でも大変よく似ている。シドニー卿の場合には、アンドロニクスやエンニウスのラテン語が、またダンテやボッカチオのイタリア語が言語の典型として目の前にあり、これらの言語を標準として、かつその標準に近づけるべく母国語である英語を美化しようと考えた。その限りにおいて、エリオットの比較の仕方と全く同じである。おそらくエリオットは、シドニー卿の言葉を想いうかべながらあの詩句を書きつけたのかもしれない。だが、二人の意識が全く重なってしまうというのではない。シドニー卿においては、先進文化圏の言語の水準が開発途上にある英語の目標であるとする意識、それが前面にはだかっていただろう。したがって、エリオットにおける普遍性と地方性との比較の意識とは必ずしも同じではなかった。比較のその図式が成立するためには、ヨーロッパ全体に共通の文化とイギリスに固有の文化とを同じ平面の上に移しかえて眺めるだけの、さらにそれらを同時に理念化して眺めるだけの意識のはたらきが必要となる。シドニー卿においては、それだけの意識のはたらきがいまだ成就されていなかった。むしろそこまで彼の意識が精妙化されていなかった。そこに四〇〇年の時間的落差を見て取ることも可能である。とは言え、シドニー卿の思想はエリオットの図式をやはり予想させるものであって、であるから逆説的に、時間的落差を決定する条件は先ずシドニー卿によって提出されたと言うこともできるのである。

ここで付記しておかねばならないのは、シドニー卿の言語意識とエリオットのそれとをもっぱら比較してきたが、二人の、その二つの言語意識の間にはじつはジョン・ドライデン（一六三一―一七〇〇）のそれが介在するということである。ドライデンは『劇詩論』の中で、〈ゴート族やヴァンダル族がイタリアに侵入したとき、新しい言語がもたらされ、荒々しくラテン語と混合して（イタリア語、スペイン語、フランス語、およびそれらとチュートン語から成立した英語は、ラテン語の方言であるが）新しい詩法が行われるようになった〉と言っているのである。英語をラテン語の方言と見る意識が、シドニー卿よりほぼ一世紀のちのドライデンにおいて、エリオットがあまり高く評価したがらないドライデンにおいてすでに明確な表現を得ているわけで、これは皮肉である。そうした言語意識に限って見るなら、ドライデンはすでにエリオットの水準にまで到達していた。であるから、エリオットの〈民族の方言を純化し〉には、マラルメ、シドニー卿に加えて、ドライデンの影も射していると言った方が、いっそう正確であることになる。

『詩の擁護』に話を戻して、それは、詩が現実的に無用であるばかりか、道徳的に見て悪影響を社会におよぼすとする俗説を反駁しながら、その効用を積極的に世間に認めさせようとするところに、目的があった。彼は、地上のあらゆる学問の目的は人間を善行に導き、美徳を得させることであると考え、その点では詩は、〈教えかつ楽しませる〉ことが可能だから哲学以上の効用がある、と主張する。

たとえ哲学者の方が、組織的な手順の点で詩人よりもいっそう完全に教えることができるとしても、感動を与えるという点では哲学者を詩人に比肩させるほど哲学者びいきの人はいないだろう。また、感動を与えることの方が、教えることよりもいっそう高度のものであることは、それが教えることのおよそ原因であり結果でもあるところから明らかであろう。……人に感動を与えてその教えを実行させること……アリストテレスが言うように〈知識 gnosis〉でなく〈実践 praxis〉こそ成果とされなければならない。

これは、一種の実用主義であって、現実の世界における美徳の実践に学芸の目的があると考え、その目的にふさわしい結果を生じたかどうかによって当の学芸の意義を判断しようとする。であるからそれは、教訓主義の側面をもつ。同じ人生教訓を与えるにしても、哲学者は組織的な議論を通して教えるから完全ではあるが晦渋におちいるのに対して、詩人の方は、〈物言う絵 speaking picture〉によって照らし出すから〈最も弱い胃〉にも適した食物を与えることになり、これが直接に人の心を動かすことになる。この〈物言う絵〉とは、直接には『イソップ物語』に出てくるさまざまな動物のようなもの、つまりアレゴリーのことであるが、そのような絵は、想像力に適するように〈事物をイメジ化〉したものである、とシドニー卿は考える。とするとこれは、わたしたちの言うイメジに非常に近い性格のものとなる。

詩人だけは、独自の材料を運んできて、事物から観念を学ぶのでなく、観念のために事物をつくる。彼の叙述にも、また目的にも悪は全く含まれていないから、叙述されたものが悪であるはずもない。彼の生む効果は善であるから、ひとびとに善を教え、かつ学ぶひとびとを楽しませることになる。

〈観念のために事物をつくる〉とは、或る道徳的観念に合致するように、その観念の例証となるように事物をつくることであろうし、さらに事物をつくると言っても、事物そのものを言葉でつくるわけにはゆかないから、事物のイメジをつくることなのであろう。結局、〈物言う絵〉をつくることになる。

(『詩とは何か』二〇〇三年思潮社刊)

J・E・ハリスンの『古代の芸術と祭祀』

J・E・ハリスン（一八五〇―一九二八）はイギリスの著名な古典学者で、ケンブリッジ大学の講師を勤めたひとである。彼女の晩年の著作である『古代の芸術と祭祀』は『家庭大学文庫』（オクスフォード大学出版局）の一冊として一九一三年に初版が、一九一八年に改訂版が出された。これの一九四八年の第五刷には参考書目に若干の追加がなされたが、すでに著者の他界後のことであるから、同双書の監修者であり、また生前の著者と親交のあったギルバート・マレイの手で、おそらくは行われたのであろう。わたしが訳出した『古代の芸術と祭祀』は、一九五一年の第六刷を底本とした。

この本は、ハリスンが専門とする古代ギリシャの宗教と芸術との関係を扱い、それをやや啓蒙的に叙述したものだが、特にフレイザーの社会人類学的資料を裏付けとして用いながら、アテネのディオニュソス祭であるディテュラムブからドラマへ、さらに彫刻への発展を綿密に跡づけている。それはちょうど、記紀万葉の世界において祭祀の祝詞から文学への脈路を辿った折口信夫博士の仕事によく似ている。だが時間的にはハリスンの方が驚くほど早かった。折口博士の古代研究の方向がほぼ定まってきたのは、一九一八年、フレイザーの抄訳「穀物の神を殺す行事」（折口信夫全集第三十巻）を試みた頃からであったろうと推測されるからである。祭祀から芸術へ、祭祀から文学への筋道は、今日ではほとんど定説になっていて一般にもよく知られているが、この方面の研究の早い開拓者のひとりがハリスンであったことは、まぎれもない事実である。

『古代の芸術と祭祀』を自分で訳しながら考えさせられることが幾つかあった。たとえば茨城の田舎で行われる葬式の習俗のことであり、そこで祭器として竹が用いられることである。わたしが実際に見たのは、西茨城郡福原の農家の葬儀に参列したときである。先祖数代の墓はこの家の持ち山の松林の北側の傾斜地にある。出棺が迫ると、庭のまんなかに青竹が立てられ、これには御幣が結ばれてあって、野辺送りの行列は、棺をかついでこの青竹をひとめぐりして墓地に向かうのであった。もう一つの例では、これは稲敷郡河内村の羽子騎という部落でのことであるが、こちらは、葬送の行列が菩提寺の庭に入ると、そこに同じく御幣を付けた竹が立ててあって、これを確か三回まわって墓地に行くのであった。水戸近辺でもしばらく前までは類似のしきたりが行われていたらしい。この、葬送の際の青竹は何を意味するのだろうか。棺が青竹をめぐるのは一つの儀式であろうが、この儀式はいったい何か。

　これは、ハリスンがこの本の第四章で述べるアイヌの熊祭りの場面を何がしか想い出させるのではなかろうか。そこでも祭器として竹あるいは笹が用いられる。彼女はこう言う、〈神酒がアイヌ小屋の外に立ててある聖なる杖inabosに供えられる。この杖は高さ約二尺で先端が螺旋状の飾りに削られてある。笹の葉をつけた五本の新しい竿が祭りのために立てられる。笹はアイヌ人によれば熊が生き返るためのものである〉。Inabosとはぬさ、つまり御幣であるらしいが、笹の葉をつけた竿とは青竹のことであろう。そしてこの竿あるいは青竹は、古代アテネの牡牛殺しの祭りにおいて、ディオニュソスの化身であるその牡牛に付き添う娘たち、恵み姫たちが手にかざす若木の枝、これと原理的には同じものであるらしい。若木の枝の方はまた、ダプネポリアと呼ばれる儀式において選り抜きの少年が運ぶ月桂樹の枝、これと原理的には共通し、さらに拡大されるとき、それは五月祭の五月柱にも対応するものが見出されるらしい。五月柱、月桂樹の枝、恵み姫のかざすオリーヴの枝、これらはいずれもハリスンによれば、死と冬を追い出し生命と春を運びこむための、いわば呪具であり、生命の甦りの象徴である。熊祭りの笹、青竹も、熊の生命が甦るための、そして豊かな魚資源をたずさえてふたたび部落に戻ってきてくれるようにとの願望が発端においてはこめられたはずの、その象徴である。熊祭りの資料そのものは、フレイザーの『金枝篇』からそのまま取られており、『金枝篇』ではまたショイベ博士なる人物の報告にもとづいているわけだが、そうした資料を綿密に関連づけてゆくハリスンの考察には充分に説得力がある。

茨城の農家の葬式の習俗、そこで用いられる青竹も、死者の霊の依り代、結局はその霊の甦りの象徴なのであろう。当事者たちは、青竹を何のために用いるかを知らないし、青竹を棺がめぐる儀式の意味も知るはずがない。昔から伝承されたものだからそうしているにすぎない。この儀式を発生せしめた発端の情緒的意味、つまり願望はとうに忘れられている。この儀式はまさしく死者の甦りを願い、かつ甦りを促す呪術的行為にほかならず、一種のドロメノンにほかならない。とするとそれは、仏教渡来以前の原始信仰から起こったものであるに違いなく、仏教と土俗的信仰との混交の姿がそこに見られるということにもなるだろう。おそらくこのような習俗は茨城の農村に限られたものではないだろう。かなり広い地域にわたって、北関東とか東北地方などにも分布しているのではなかろうか。民俗学の専門家のあいだではすでに調査ずみのことかもしれないが、柳田国男編『民俗学辞典』には記載されていない。

竹は常緑樹の一つであるところから、それが生命の、もしくは不変の生命の象徴となる傾向があるらしい。不変の生命をもつということに限らず、普通でない性質をもつものには、それが植物であれ動物であれ、また鉱物であれ、普通でない霊が宿り、そうした霊が宿るところからそうした性質があらわれる、というように考えられることにもなるらしい。とするなら、竹に宿る竹の霊というものがはたしてあったのだろうか。と言うのは、第六章で述べられるダプネポリアの祭りにおいて、月桂樹に宿る樹木霊が月桂樹をかつぐ美貌の少年を媒介として、人格神へと成長し、かくしてアポロの神像がイメジ化されるに到ったということ、このハリスンの論理がきわめて印象的だからであり、この論理を日本の土俗的信仰に適用するとき、どのような屈折が生じるかということを考えるからである。竹に宿る竹の霊があったとして、それに関係しそうに思えるのは、『竹取物語』のかぐや姫の伝説である。はたしてかぐや姫は、竹の霊の人格化された結果なのであろうか。しかしそう断定するのは早急にすぎる。こちらの場合、月桂樹の担い手としての少年に相当する媒介項が、はたして存在するのかどうか。年ごとの季節祭において少女が竹を運ぶという、もしくは少女と竹が何らかの関係をもつというような習俗は絶えて聞かない。竹の霊については、あるいは竹の霊とかぐや姫との関係については、やはり専門家の研究に待たねばならないようだ。

ダプネポリアの祭りを行った古代ギリシャ人の精神は、それが何よりも生存への欲求にもとづいていたとするなら、祭りの消滅とともに消え去ってしまうはずはなく、その証拠の一つが、たとえば現代イギリスの女流詩人キャスリーン・レインの短詩「鉢植えの木」に見出せるのではないかと思う。

ちいさな月桂樹よ、おまえの根が山を探りあてる
ことはできないが、しかしおまえの葉は
おまえひとりの世界を越えて拡がり、わたしの世界の
　中へと
年ごとの魔法の杖をさし入れ、わたしの頭の中に
角ぐむ常緑の時間をひらいてくれる。

ここには、何か回生への願望とでも言えるような詩人の感情が、〈月桂樹〉に向かって投射されている。しかしそれが〈鉢植え〉の月桂樹であるところに、ギリシャの古代とは異なった現代文明の状況とその中での人間の状況とが端的にあらわされている。そうした状況をわきまえながらも、むしろそれをわきまえるからこそなおさら、ダプネポリアの祭りの精神と等質の感情を詩人は述べるのだろう。人間が覚醒と睡眠の、生と死の循環をくり返す存在である限り、〈常緑の時間〉に対する願望は消えることがない。とするなら、この短詩にあらわれた〈月桂樹〉は、古代ギリシャ人にも共通する経験を、つまり原体験と呼んでもよいものを表象するところの、原型的イメジの一つであることになる。

わたしがハリスンのこの本の翻訳を思い立った動機は、実は、イギリスの詩人T・S・エリオットの評論を通して与えられたのであった。たとえば彼のエッセイ「エウリピデスとマレイ教授」ではコーンフォード、クックに並べてハリスンの名があげられ、「批評の実験」ではタイラー、マンハルト、デュルケム、レヴィ＝ブリュール、

フレイザーに並べて、また「劇詩についての対話」でもコーンフォード、マレイとともに言及されているという具合で、エリオットが原始文化研究について、もしくは原始文化と文学との関係について触れる際には、必ずと言ってよいほど彼女の名前が出てくる。エリオットに深い関心を抱いていたわたしは、間接的にハリスンにも、またハリスンを中心とするいわゆるケンブリッジ古典人類学派のマレイ、コーンフォードにもいささかの関心を掻き立てられることとなった。彼らはおおむね、フレイザーを中心とする比較人類学の成果を援用して、古典芸術の本質を解明しようとしたわけである。とにかく、わたしにとってハリスンへの、あるいはハリスンのこの本への興味は、文学の理解、エリオットの詩の世界の理解、それへの希望から派生していったものである。

わたしの推測では、どうもこの本がエリオットの詩観の形成に何ほどかの影響を及ぼしたのではないかと思われるのである。ハリスンは、実践的生活から一歩超脱したところに祭祀が生まれ、祭祀からさらに一歩超脱したところに芸術が成立すると考える。つまり芸術は、実践的運動反応から切断され解放されてはじめて芸術となる。エリオットの方も、現実に経験する人間と制作する精神とを区別し、現実の経験や情緒と詩の作品の上で成就される経験や情緒とをはっきりと区別して考える。ここには一つの共通性が感じ取れはしないか。それだけならまだしも、〈あらゆる偉大な芸術は自我からの解放である〉、〈芸術は……単なる個人的情緒に我慢できなくなって、何かもっと大きなもの……を目指しはじめた〉（第七章）とハリスンが言い、〈詩は情緒の解放ではなくて情緒からの脱出であり、個性の表現ではなくて個性からの脱出である〉（「伝統と個人の才能」）とエリオットは言う。さらにまた、〈現代の生活は単純ではなく――単純になりうるものでもない。……現代生活に対するわたしたちの情緒を表出し表現する芸術は単純ではありえない。……あの生きた紛糾を具象化するだけではなく、またそれを浄化し秩序づけねばならない〉とハリスンが言い、〈現在あるような現代文明の中で、詩人は難解にならねばならないように見える。現代文明は大きな多様性と複雑性を包含し、そしてこの多様性と複雑性は鋭敏な感受性にはたらきかけて多様で複雑な結果を生み出すに違いないのである〉（「形而上派詩人論」）とエリオットは語る。このように比較してみるとき、ハリスンの口調そのものまでも、エリオットの言葉の中に反映されているように思われてならない。ハリスンは巻末の参考書目の最初にフレイザーの『金枝篇』をあげ、特にその第四部「アドニス、アッティス、オシリス」の巻をすすめているが、エリオットも長詩『荒地』の自注でその同じ巻のことを銘記している。エリオットの頭脳がどれほど偉大であっても、あの膨大な『金枝篇』を第一巻から読みすすんでいったとはとても考えられない。ハリスンから何らかのヒントを得ていたに違いないのである。

いずれにせよ、ハリスンの古典人類学的芸術観がエリオットの詩論を予想させるということだけは言ってさしつかえないと思う。どちらも、近代的人間に特有の単独性の殻を脱ぎ捨ててもっと大きな生命体、外在的な価値の体系におもむこうとする方向においては一致している。二十世紀芸術がひとしく目標とするところの、狭隘な自我の鳥籠からの脱出、その願望の早い表現がこの本に見られるのである。もちろん、この本の価値の主な部分が、周期的祭祀のコーラス・リーダーから神の観念が形成されてゆく過程などについての綿密な論証、および論証を支える緻密な概念装置、そこにあるにせよ、芸術論の書、詩論の書としても充分な価値が要求できると思うのである。わたし自身、詩や詩論を書く人間として随分この本からは恩恵を受けたのであった。

（『古代の芸術と祭祀』訳者あとがき、一九七四年法政大学出版局刊）

夢と神話

夢と神話とはどのような関係があるのか、あるいはないのか。一見、何かありそうな気がするが、突きつめて考えてみると茫とかすんでしまう。夢にしても神話にしても、具体的な物ではなくて人間のこころのはたらきにかかわり、こころのはたらき自体が容易にはとらえにくいからであろう。その、とらえにくくかすんでしまうところを、何とか夢の側から分け入って突きとめてみたい。

夢の一つに霊夢と呼ばれるものがある。神仏が夢の中にあらわれて御告げを垂れ、現実の生き方に対して教示や忠告を与えるというもので、この例は昔から、民間伝承として伝えられており、あるいは文芸化されて流布されてもいる。文芸化された例としては、中世歌論を代表するものの一つである『正徹物語』、そこに記載された俊成、定家の霊夢が先ず想い浮かぶ。

俊成卿老後に成りて、さても明暮哥をのみ読みゐて、更に当来の勤めなし。かくては後生いかならんと歎きて、住吉の御社に一七日籠りて此事を歎きて、〈もし哥は徒ら事ならば今よりこの道をさし置きて一向に後世の勤めをすべし〉と祈念有りしが、七日に満ずる夜、夢中に明神現じ給ひて、〈和歌仏道全二無〉と示し給ひしかば、さては此道のほかに仏道を求むべからずとて、弥《いよいよ》此道を重き事にし給ひし也。定家も住吉に九月十三夜が七日に満ずる日にあたる様に、参籠してこの事を歎き申されしかば、九月十三夜明神うつゝに現じ給ひ、「汝月明也」と示し給ひしより、さては此道から也と思ひ給ひけり。此事などを書きのせたるを、明月記と号する也。

俊成の霊夢の話は、正徹の弟子心敬の歌論書『さゝめごと』にも再録されており、また定家の霊夢の方は、定家が、作家の心得を綴って或るひとに返報したと言われる『毎月抄』の中に、簡単にふれられてもいる。

これで見ると、俊成、定家の霊夢は、当時作歌を志すひとびとの間では有名な話になっていたと思われる。住吉神社は神功皇后を祭神とするが、和歌の神として信奉され、俊成は、その神前で催される住吉社歌合の判者になっている。とにかく、これらの話では、夢は和歌の神がその姿を歌人に対してあらわす場であり、こう言ってよければ、神と人との伝達、交信の成立する場である。したがって社殿に参籠することは、そうした場の成立をみずからすすんで求めること、つまりはみずからすすんで夢を見ようとする行為である。これは、現代のわたしたちにはなはだしく奇異なことに映る。夢とは求めて見られるものではなく、当事者にとってはあくまでも受動的な、つまりこころの意志的なはたらきが睡眠によって消滅するときに生じる現象であると考えるからである。しかしこれは、夢というものについての価値観の変化が前提になっているのではなかろうか。夢を尊重する習性が存在していた時代においては、夢を見るこころの状態についても看過されなかっただろうし、みずからをそのこころの状態に置くことも意志的になされただろう。夢を見るこころの状態とは、『正徹物語』によれば、〈夢中に明神現じ給ひて〉とか〈明神うつゝに現じ給ひ〉とあるところから見て、それは夢ともうつつともつかぬ状態であると考えられたようで、そのような状態とは、フロイドの言う世間的な顧慮や道徳的判断などの覚醒時のこころの合理的なはたらき、意識的なこころの統制、それがゆるめられた状態のことであろう。そうしたこころのはたらきや統制を意志的にゆるめ、言わばおのれを虚心に置こうとする修行も往時はなされたことだろう。参籠とはそうした修行の実践ではなかったろうか。あるいは参籠といった意志的修行を経なくても、民間においては夢を見るこころの状態にたやすく入れるひと、夢を見る能力のあるひとがいて、夢を語ることによって尊重されるということもあっただろう。

柳田国男は「夢と文芸」（『柳田国男集』第六巻）においてこう言っている。

以前は田舎では夢の話をする人が、今よりも多かつたやうである。特に心の動揺した場合で無くとも、何かやゝ変つた夢を見ると、其印象のまだ鮮かなうちに、よく誰かに聴かせて置かうとするのである。自分の母などもたしかにその古風な一人であつた。……少なくとも二つの忘れられかけて居た精神生活の変遷が、こゝに幽なる銀色の筋を引いて、遠い昔の世まで我々を回顧せしめる。其一つは夢を重んずる気風である。孔子が周公を夢に見なくなつたことを、心の衰へとして悲しまれたやうに、夢が何等かの隠れたる原因無しに、起るべき現象でないことを、最も痛切に古人は認めて居た。……人をして夢みしむる不思議の力を、或は枕神と謂つて居る土地もある。さうで無くとも日頃の神仏に願を掛けて、進んで夢を念じ夢を待ち、それが応験の有つた場合も多かつたことは、前期の文芸に親しむ程の人は皆知つて居る。

夢を尊重し、すすんで夢を見ようとする行為、信仰的行為の生きていた時代がかつてはあった。家族の内で、家族の吉凶にかかわるような夢を見る役、そうした夢を判断し語る役は、家族の幸福に最も関心の強かったもの、多くは主婦であったらしい。ところが、時代が降り、人事世事が複雑になると、一家の主婦の手には負えなくなる。〈それ故に地方の最も能く夢み、又最も美しく夢を語り得る者を推薦して、公衆の為にその見る所を叙説せしめ、更にそういふ人も無力になつて来ると、旅の職業の女性が聘せられて遠くから渡つて来た。彼等は万人の覚めて眼を円くして居る中に囲まれて、独り自在に夢の国を歩むことが出来た〉とも、柳田は言っている。夢を職業とする女性とは、みずからを、夢を見るこころの状態に容易に置く能力を備え、自分の見た夢の形象を語り、その形象によって占卜をおこない、したがって場合によっては神の託宣を述べることもあっただろう。一種の巫女であったと言ってよい。俊成、定家の例は、中世最高の知識人が意志的な修行によって、おのれを巫女のこころの状態に置いたことになる。そうでなければ、住吉明神の姿が彼らにあらわれることはなかった。超人間的な霊的存在、その姿が知覚される状態とは、一種の幻覚症状の状態であろうし、精神医学の言う神経症、むしろ分裂病の状態であるかもしれない。しかし、ひるがえって考えてみると、幻覚の状態が分裂病の持ち主にのみ限定されるというところに、柳田国男の言う〈精神生活の変遷〉があらわれているのではなかろうか。多分、精神の発達が、こころのはたらきの合理的な面に局限されてきたことが、分裂病を際立たせ、むしろ析出することとなったのではなかろうか。現在では分裂病にのみ特有の幻覚状態が、かつては正常な人間の心理的習性の一つでもあったということである。

　これは、イギリスの詩人T・S・エリオットが「ダンテ論」（『セレクテッド・エッセイズ』）で述べることとも別物ではないと思われる。

> ダンテの想像力は視覚的な想像力である。が、それは、近代の画家が静物画を描くときの想像力が視覚的だというのとは違った意味においてである。ダンテは、ひとびとがまだ幻を見る時代に生きていたという意味で、視覚的なのである。幻を見るというのは一つの心理的な習性であって、そのコツをわたしたちは忘れてしまったが、現在の習性のどれ一つとしてそれに優るものはない。わたしたちは夢を見るだけで、幻を見ることが——いまでは精神異常者か無学のものの習性として追放されているが——かつては意義も興味もあり、訓練された夢の見方であったということを、忘れてしまったのだ。夢は精神の底部から当然生じるものと考え、おそらくこのために、わたしたちの見る夢が低下したのだろう。

　エリオットの言うダンテの心理的な習性は、俊成や定家の場合にも当てはまる。訓練によって地獄や煉獄の幻を見ること、修行によって明神の姿を夢に見ること、これらはいずれも幻覚状態に同じように身を置くことと考えてよい。また訓練や修行に特によらなくても、精神生活の様式からして、一般のひとびとにとってもそうしたこころの状態に入ること、そして幻や夢を見ることの可能な時代があった。こうした心理的習性は神話の形成に何かかかわりがあるのではなかろうか。

　エルンスト・カッシーラーは『言語と神話』において、神話形成の要因を単一の原因に還元するような考え方、たとえば夢の体験に起源を想定するような学説を否定し、主として神話のつくられてゆく意識の過程を、広く人間の概念のはたらきに関連づけようとしたが、カッシーラーに学んだS・K・ランガーは、カッシーラーがまたいで過ぎた夢、おとぎ話、神話などの関係について、それらのものの関係をシンボルの形成や機能の解明という点に収斂しながら、詳細な考察をめぐらした。したがって、ランガーの『シンボルの哲学』（矢野万里他訳）によれば、〈原始的な思考は夢の水準からさほど遠くかけ離れていない。それはきわめて類似した形式で作用する。夢のシンボルとして作用しうるような対象は、覚醒時の精神に対しても不思議な意味をもっており……これを眺めるとき感情を動かされる〉（第六章「生命のシンボル、聖礼典の起源」）と言い、このような原始的思考による〈夢のシンボル――イメジとファンタジー〉がおとぎ話・民話・神話の素材になるが、おとぎ話や民話と神話との間には、〈テーマの転換〉が介在すると考える（第七章「生命のシンボル、神話の根源」）。そしてテーマの転換とは、こうであるらしい。

> おとぎ話は個人的な満足を与えるもの、たとえば欲望とそれの想像上での実現の表現であり、現実生活の欠陥の代償でありまた現実の挫折と葛藤からの逃避である。それらの機能が主観的であるために、主人公は飽くまで個人的であり、また人間的である。これに対して、神話、少なくとも傑作の神話は……人間の共通の運命である出生、情念および死による挫折の物語である。それの究極の目標は世界を希望的に歪曲することではなく、世界の根本的な事実に対する真剣な直視である。道徳的な定位であって、逃避ではない。……神話は、それがどんなに比喩的にではあるにせよ一つの世界像をあらわし、個人的な想像上の伝記ではなく広く人生一般に対する一つの洞察をあらわすために、体系化される傾向をもっている。……主人公は自己中心的な白日夢の主体ではなく、どんな個人よりも偉大な主体であるから、彼はたとえ完全に神的ではないにせよ、常に超人間的であると感じられる。

ランガーは、夢のシンボルが、人間に共通の運命、また世界像の提示といったテーマの素材になり、それがそうなるとき神話が形成されると考えるわけだが、そのようなテーマの構成要素となる夢のシンボルとは、ユングの心理学説に言うところの、集合的無意識の中に含まれるとされる原型的イメジ、これと共通する性格のものであろう。だが、こうした考えは、J・G・フレイザーやジェーン・ハリスンらの人類学的な立場からの神話論、神話の起源を原始的祭祀の場に想定し、祭祀の口承部分から神話は発達したとする考え方と、どのようにかかわるのだろうか。

たとえば、日本の神話の五穀化成の話について見ると、須佐之男によって切り殺された大気都比売の身体から、大豆や小豆、麦や稲種、蚕までが生じたという。ここにはおそらく、古代の農耕に関係する豊饒祭祀の痕跡が見られるのではなかろうか。豊饒祭祀の手続きは汎人類的なパターンを示しているが、それは先ず或る穀物神が犠牲となり、犠牲となった穀物神が五穀の形でよみがえるという形式、類感呪術的な演技の形式を取っただろう。この手続きの形式は口頭でも朗唱されたか、あるいは朗唱部分を含んでいたにちがいなく、朗唱部分は、朗唱を職能とするひとびと、つまり一種の呪者、司祭者によって、世代から世代へと伝えられただろう。すなわち語部による口承的伝達である。ところで、語部による朗唱、口承は、その内容である御祖神《みおやがみ》の運命が部族民の生存に直接にかかわる性質のものであるところから、部族民に共通の関心をかき立て、したがって直接そこに御祖神の霊を呼び降すという目的をも兼ね備えていたことだろう。つまり、語部が語り見る神の幻を、部族民もともに見ただろうし、とすればそれは柳田国男が〈共同幻覚〉と呼ぶもの、それの原始的な生活共同体的形態でもあったろう。語部によって神の運命が語られる祭祀の場は、共同の夢の成立する場であることになる。他方、共同の夢は、夢自体の論理にしたがって、異なった経験の転位、変形、圧縮、同一化の、あるいはそれに近い作業をなすにちがいない。むろん共同の夢作業の中心は語部であり、語部のこころの状態にほかならない。もしも須佐之男が、鋤や鍬などの農具の創始者として信じられていたとすれば、彼はひとりの文化英雄であったわけだが、同じように大気都比売も、稲種や蚕をはじめてもたらしたと信じられたもうひとりの文化英雄であったかもしれない。文化英雄の伝説が、神話成立の前の段階として存在しなければならないとするランガーの考えを、考慮に入れるわけである。そして、須佐之男と大気都比売という二人の文化英雄にかかわる二つの話が、共同の夢作業の中で習合されるということも、またありえただろう。習合は、須佐之男の鋤や鍬を剣に変形し、大気都比売の肉体を大地に変形し、つまりそれぞれを、ランガーの言う神話の構成要素としての〈夢のシンボル〉へと転位する作業を当然ともなったであろうし、またその変形、転位は、大地の生産現象を大地に、もしくは大地の擬人格に強いる犠牲の結果として見る観念の成立を、つまりは豊饒祭祀の存在自体を媒介としなければならなかったであろう。こうして、二つの話の習合が成就されるとき、それは直ちに五穀化成の神話の成立となる。

おおまかに言って、部族、民族の共同の夢作業が、系統の異なる複数の伝説を習合して神話をつくるのである。俊成や定家におとずれた霊夢、またダンテの見た幻は個人的な性格の濃いものであったが、そうした霊夢や幻を見る心理的習性を、現代のわたしたちは忘れて久しい。同じように俊成や定家やダンテは、豊饒祭祀という共同の幻を見る場から隔たること、これまた久しい。俊成の夢にあらわれた住吉明神が〈和歌仏道全二無〉と告げたという話は、歌人仲間という限られた職能集団の中において一種の伝説となることはありえても、神話形成の要素的シンボルとなることはありえない。夢を、幻を見るこころの状態が、生活共同体的性格、むしろ運命共同体的連帯の場から分離し、個人の閉ざされた内部の営みへとすでに変遷していたからで、これはくり返し述べるまでもない。しかし、文明の発達の一つの極限に達したと言われる現代は、ふたたび神話の曙の時代であるのかもしれない。極限に達したという点で、つまりは一つの極限状況に人類が至ったという意味で、人類全体の運命とか人類全体の生きるべき方位の再決定とかが、ふたたび共通の関心事となりつつあるからで、これは確かに神話形成の、充分な条件ではないまでも、必要な条件の一つではあるだろう。

（『詩的方位』一九八四年国文社刊）

形而上詩の心臓のイメジ

ジョン・ダンにはじまる形而上詩は、大別して世俗詩（secular poems）、つまり恋愛詩、書簡詩、諷刺詩などと、宗教詩（divine poems）とあって、心臓（heart）のイメジは後者に頻出する。これは言うまでもなく、信仰感情は心臓に宿ると考えられたからであって、同じくそこからカトリック系の聖心修道院とか聖心女子大学といった名称に見られるところの聖心、つまり聖なる心臓（Sacred Heart）という観念が成立するが、それはキリストの、愛と贖罪の象徴として槍で刺し貫かれた心臓を先ず意味しながら、同時にその心臓への聖母マリアの、つまりは教会全体の愛と信仰をも集約するとされる思想を指す。が、キリストのそのような聖なる心臓が、イギリス国教会系の形而上詩にあらわれる心臓のイメジにそのまま重なるわけでは決してない。

ところでheartという言葉は、古期英語の時代から現在にいたるまで連綿として使用されているアングロ・サクソン語で、body（身体、肉体）に対して〈心〉の意に用いられるときにはmindと同じだが、それら二つの言葉を区別する場合には、mindの方は〈意志、知力、思考の座〉で、heartは〈情緒、感情、愛情の座〉である（OED）。このheartが中期英語になるとフランス語によって一時取って代られる。チョーサーの『カンタベリ物語』プロローグの十一行目に出てくる複数形のcoragesがそれで、発音もフランス語風に〈クラージェス〉であった。これが初期近代英語では英語風の発音〈カレッジ〉に変り、もっぱら〈勇気〉の意となる。Heartがふたたび支配権を取り戻すのだが、それでもチョーサーの用例の名残りが突然あらわれることもあった。アンドルー・マーヴェルの、十七世紀半ばに書かれた宗教詩「決然たる魂と被造物の快楽との対話」の一行目、〈心よ、わたしの魂よ〉の心courageで、〈クラージュ〉と読ませるつもりだったに違いない。それは、十行目に〈決然たる心〉と出てきて、こちらの心heartと呼応し合うところからそう判断されるのだ。

それにしても、英語のheartが主として心を意味する場合でも心臓という器官のなまなましさによって裏打ちされ、実体感を伴っているのに対して、日本語の心、つまり〈こころ〉はどうであろうか。『広辞苑』によれば〈禽獣などの臓腑のすがたを見て、コル（凝）またはココルといったのが語源か。転じて、人間の内臓の通称となり、更に精神の意味に進んだ〉とあり、小学館『国語大辞典』では〈人体で、心の宿ると考えられたところ。心臓。胸のあたり。胸さき〉とあって、『万葉集』三三一四の長歌から〈そこ思ふに　心し痛し〉を例として挙げている。これを見ると、〈こころ〉もheartとほとんど変らぬ実体感をかつては具えていたし、さらに実体感は西行の一首〈吉野山花の散りにし木《こ》の下《もと》に留《と》めし心はわれを待つらん〉、この歌あたりまでは維持されていたようだ。が、以来八百年、〈こころ〉の方はもっぱら精神面への抽象化観念化の道を辿ってきたのであろう。現代日本語のその言葉から官能のなまなましさは全く感じられないのだ。そのことを考慮に入れながら、試みとして、heartにはすべて〈心臓〉という訳語を当てることにする。

　さて、心臓のイメジが形而上詩にどのようにあらわれるかを検討しようとするとき、ダンの「ホーリイ・ソネット十番」（ヘレン・ガードナー版）を逸するわけにはゆかない。

この心臓を衝《つ》き崩して下さい、三位にいます神よ、あ
　なたはこれまで
軽くノックし、息を吹きかけ、照らし、矯正されよう
　となさるだけでしたが、
わたしが起き上がり立てるように、わたしを打ち倒し、
　力を傾けて砕き、
吹き飛ばし、焼き、わたしを新しく甦らせて下さい。
わたしは簒奪された都市さながら、簒奪者でない方《かた》に
　こそ義務があるので、
あなたを迎え入れようと苦悩していますが、ああ、そ
　れも無益、
わたしの中の理性、あなたから遣わされた代理が、わ
　たしを守ってくれるべきですのに、

今は囚われの身、弱体で不実であることが分りました、
それでも心からあなたを愛します、あなたに愛されたいと切に乞い願います、
けれどあなたの敵に今にも妻《めあ》わされようとしております。
その婚約から釈放して下さい、あの絆を解くか断ち切るかして下さい、
わたしをみもとに引き寄せ、わたしを幽閉して下さい、
わたしは
あなたの奴隷にならなければ、決して自由になれませんし、
あなたに犯されなければ、決して純潔にもなれないのですから。

これはイタリア起源の恋愛小唄の詩型であるソネットが、信仰感情の表現の具へと転用された早い例で、それだけでも企図の新しさを印象づけ、かつ衝撃的であったに違いない。それがミルトンにくると何と政治詩（「ピエモンテの大虐殺に寄せて」）として用いられていて、こうしたところにイギリス・ルネッサンスの具体的な展開のありさまが見て取れるかもしれない。それはそれとして、発想の契機は、旧約詩篇五十一篇十七節の〈神の求めるいけにえは打ち砕かれた霊／打ち砕かれて悔い改めた心臓である〉にあったろう。

冒頭の〈この心臓を衝き崩して下さい〉はまことに鮮烈だ。〈衝き崩す〉batterは、城の攻撃に用いる破城槌battering ramを連想させるところから、それの対象である〈心臓〉に何か異様なほど堅固な物質感を与えるに違いない。つまり神の愛が、そして神への愛が宿るべき〈心臓〉がサタンによって簒奪されて、悪の砦、悪の城塞都市へと変貌してしまったイメジ、それが浮かび上がってくるだろう。その聳立するイメジに平行する形で悲痛な感情の方も、続く〈三位にいます神よ〉という訴えによって超自然的な高さ、激しさを与えられる。〈父なる神〉と〈子なるイエス〉と〈聖霊〉との〈三位一体〉なる観念こそ、キリスト教信仰の不動の基盤であって、視覚化されれば三つの頂点を有する図形、つまり正三角形となるはずで、しかも円満具足の〈神〉であるところ

から、たとえば十三世紀フランスの『薔薇物語』第四巻では逆説的にこううたわれた。

これは三角形の円、
これは円形の三角
処女マリアの中に塒《ねぐら》を見出したもの。

ちなみに山村暮鳥の詩集『聖三稜玻璃』という標題、そのプリズムのイメジも〈三位一体の神〉からきている。それに対して〈心臓〉は、平面化すれば逆三角形、つまり〈三位一体の神〉の愛が〈塒〉とするのに最もふさわしい場所である。それがこともあろうにサタンによって、という痛恨この上ないニュアンスが立ち昇ってくる。痛恨の情は結末にきて、身悶える小娘の意外な姿を纏いながら、恋しいキリストに向かってどうぞわたしを奪って、と訴えることになる。

それに対してジョージ・ハーバードは、聖職者詩人としてのジョン・ダンを心底から尊敬していたことも手伝って、右のソネットから刺激と暗示を受けながら、「恩寵」第五連において、このように書く。

罪が絶えずこの心臓を打ち叩き
愛に欠ける、ひと塊《くれ》の固さに変える。
罪の仕業を妨げるべく、再びしなやかにして下さる恩
寵をば
天より滴らせ給え。

となると、おのれの心臓がしなやかであれば問題はないが、もしも石の固さを帯びてしまっては、信仰感情との間に、強烈なアンビヴァレンスが生じるだろう。アンビヴァレンスは懸垂状態のまま行が重ねられ、〈御名を讃えるために〉まできて〈私の／堅固な心臓〉が信仰心の堅固さの謂であることが分ってくるにせよ、罪にかかわる固さの感覚の方も完全には解消されずに尾を曳くに違いない。この相反する二つの意味の軋りから、ハーバートに特有のアイロニーが生じる。

ダンのソネットでは、神とサタンとの戦いへと趨く可能性を思わせる書出しではじまりながら、その可能性を

みごとに、つまり読者にそれと悟らせない形でくつがえして、予想外の場面、さながら一人の娘が恋しい男に愁訴する場面で終る。かくして驚愕的なパラドクスが成立する。

次にヘンリー・ヴォーンの詩集『火花散らす火打ち石』第一版の扉に掲げられた寓意画《エンブレム》の上に、しばらく立ち止まってみたい。

この寓意画には解説として、「著者（彼自身について）の寓意画」と題するラテン語の詩篇が添えられていて、大意はこうである。

神はさまざまな優しい手段でわたしに語りかけ戒めようとされたが、無駄であった。わたしは聾者で唖者、一つの火打ち石だった。神は愛が支配できることを否定し、力には力で打ち勝とうと覚悟され、近づいてこられると、わたしの固い心臓である岩塊を打ち砕かれた。以前に石であったものを今や肉に変えられた。見よ、それが裂かれて、破片がついに天を照らすさまを、火打ち石から滴る涙が私の頬を染めるさまを。何たる驚異か、御力は！　死んでわたしは甦った。世俗的方便の難破の真っただ中で、わたしは今や豊かだ（ラドラム版、英語訳）。

扉絵にこめられた寓意はこれに尽きるが、その寓意の背景となった思想は、旧約・エゼキエル書三十六章二十六節の〈新しい心臓をわたしはお前たちに与え、新しい霊をお前たちの中に入れよう。お前たちの身体から石の心臓を取り除き、肉の心臓を与えよう〉にあった。が、この背景に依拠すべき発端の契機をヴォーンに与えたのは、ハーバートの「恩寵」第五連ではなかったか。

寓意画自体は、雲間から突き出された腕が、雷電を起す石矢（thunder-bolt）をつかみ、その雷電でもって心臓の形の火打ち石を打ち砕いている図で、石には聾者、唖者のさながら頑迷な顔が三つ見えている（ルーイ・マーツ『内なる楽園』）。ひるがえって、雷電を武器とするのはローマ神話のジュピターであることを考えると、ここには旧約のヤーウェとそのジュピターとの習合の姿が見られることになる。それにしても、この図がダンのソネットの冒頭のイメジに酷似しているのには驚かされるが、ヴォーンがそのソネットを、この時点で読んでいた可能性は少ない。双方に共通するソースが何かあったに違いない。寓意画と解説の詩篇とは、五年後の『火花散らす火打ち石』増補第二版では外されて、代りに「収録讃美歌への著者序」が置かれる。

心臓のイメジは詩集巻頭の詩篇「献辞」にもあらわれ、しかも寓意画のそれとは非常に異なっているので、これまた見過せない。「献辞」は、この詩集を神に捧げますという意味のもので、ハーバートの詩集『教会堂』の先例に倣ったわけだが、ハーバートの詩篇「献辞」よりむしろ秀れている。第一版（ラドラム版）から示すと、こうである。

神よ、わたしのために死に給うたあなた、
あなたの死から稔ったこれらの果実をあなたに捧げま
　す。
わたしの命となり光となった死ですが
お姿を仰ぐと暗い思いと深い痛みに襲われます。
万物を甦らせるあなたの血の数滴が
この心臓の上に降り零れ、それを芽吹かしめ
このように花咲かせて下さいました、主よ、
かつては呪われ、豊饒に欠ける土地でしたのに。
　まこと、わたしがここに雇い入れた男たちは
あなたの願いに久しく逆らい、
あなたの僕《しもべ》に石打ち、そしてこともあろうに
あなたを殺害しました、あなたの愛に応《こた》えてです、
だが主よ、彼らは追放しましたので、こうして恭《うやうや》しく
お願い致します　あなたの小作人からの地代をお納め
　下さい。

この短い詩篇の二箇所にハーバートの語彙が裁ち入れられている。〈豊饒に欠ける〉void of storeは、先に引用した「恩寵」第五連から、〈愛に欠ける〉void of loveを、そこの名詞を入れ換えながら、また〈小作人からの地代〉tenant's rentは、「贖罪」から、その一行目に出てくるtenantと四行目のrentとを結合しながら、それぞれ借用した。ハーバートにおけるダンの影響にひとし

いか、むしろそれ以上の影響を、ヴォーンはハーバートから被った。語彙の借用は先輩詩人に対する敬意の表明として、意識的、自覚的に行われたようだ。

(「白亜紀」九五号、一九九三年三月)

ジョージ・ハーバートの詩篇「犠牲《いけにえ》」をどう読むべきか

ジョージ・ハーバート(George Herbert)は、一五九三年、ウエールズの名門ハーバート家のモントゴメリー城で出生。時あたかもイギリス・ルネッサンスの初期の頃で、その五年前には大学才人とうたわれたクリストファ・マーロウの『フォースタス博士の悲劇』が上演されていて、これが性格悲劇の原型として後輩の作家たちに影響を及ぼした。たとえばシェイクスピアは、大根役者から作家への転身願望を心に秘めつつ、マーロウをなぞりながら劇作を試みていた。またハーバート出生の二年後には、英語で書かれた最初の詩論、つまりフィリップ・シドニー卿の『詩の擁護』、エドマンド・スペンサーのソネット集『キューピッドたち(Amoretti)』が出ているし、ハーバートより二十一歳先輩のジョン・ダンは書簡詩や恋愛詩を試みていた。

ハーバートは十六歳で、ケンブリッジ大学トリニテイ

・カレッジの特待生、二十三歳で文学修士、その二年後に修辞学助教授。この頃、母マグダレンの再婚相手の義父ダンヴァーズ卿への手紙で、神学に踏み込んだと洩らす。二十七歳でケンブリッジ大学代表弁士。この地位は政界での栄達を約束されたも同然で、となると、神学云々という内面的関心の傾向とは、アンビヴァレンスを引き起す。大学代表弁士の効果はてきめんで、三十歳でモントゴメリー区選出の国会（平民院）議員。ところがその翌年には、カンタベリ大主教の差配で国教会の執事に就任。それは神学云々の内面的関心の表面化にほかならない。としたらハーバートをめぐる政界と宗教界との綱引きは、ハーバートみずからの態度いかんが、何ほどかの呼び水となった結果だったろう。

　とにかく貴族の出自であることは、政界における身分、地位をおのずから保証するものだった。であるから貴族出の司祭などというものは絶対にあり得なかった。であるからハーバートが、一六三〇年、ウイルトシャーの村ベマートンの教会の一つの教区の司祭を選択したことは、当時のひとびとにとっては、理解不可能な奇跡のようなことが演じられているとしか感じられなかっただろう。ハーバートとしては何はともあれ、主なる神の愛が不変、不滅であることを、ひとびとに納得させなければならなくなる。司祭としての仕事に併せて、詩人としての仕事にも、僅かな余命を、彼が心底から傾注したのは、正しくそのためだったのではないか。

　一六三三年三月一日、ジョージ・ハーバートは、その短い生涯を肺結核で閉じた。四十歳だった。そして死後間もなく、親友で神学者のニコラス・フェラーの手によって印刷されて、『ジョージ・ハーバート詩集　教会堂（The Temple）聖なる詩篇と私的祈り』（ケンブリッジ大学出版）が世に出た。これから検討する予定の詩篇「犠牲《いけにえ》（The Sacrifice）」も、むろんここに収められている。なおこの詩集は、現在、F・E・ハッチンスン校訂編纂『ジョージ・ハーバート著作集』（オクスフォード大学出版局、一九四一）で読むことができる。

　さて、「犠牲」は、十字架に両手両足を釘付けにされて苦しむイエスをナレイターとして、作品の舞台に設定し、終始イエスの劇的独白で一貫するが、これがイギリス詩史に現れた最初の劇的独白で、しかも亭々として聳える趣の作品価値から、多大の影響を及ぼしたことは、特筆してよい。ハーバートはこのような形で、イギリス・ルネッサンスに独自の貢献をなしたわけだが、ここでルネッサンス自体について注釈程度の解説を加えるなら、その気運は先ずイタリアに起って、特にヴェネチアに蝟集する画家たちが宗教的テーマ、特にイエス・キリストを焦点として、画期的な業績を残した。その気運が、フランスに及ぶと、そこでは音楽のルネッサンスとなり、最後にドーヴァー海峡を渡ってイギリスに上陸すると、こんどはマーロウ、スペンサー、シェイクスピア、ジョン・ダン、そしてミルトンにまで及ぶ詩のルネッサンスとなったのだ。イングランドを詩の島、詩の国とするヨーロッパのひとびとの常識も、故なしとしない。

しかし、である。「犠牲」が、ハーバートの他の詩篇と比べて、際立った特色を有するのは、まだよいとして、これに類似する作品を手掛けた詩人が、後にも先にも遂に現れなかったのは、何故か。その理由はこうであろう。すなわちキリスト教文化圏において、イエスをナレイターとして設定することは、想像を絶するほどの覚悟と、その覚悟に見合うだけの配慮が必要であるからだ。だが詩人は神ではなくて人間である以上、どれほどの覚悟も配慮も及ばぬおのれの内面の深層に、意外な陥穽を抱えていないとは、言い切れない。陥穽とは、詩人の思考や判断とは別個の、たとえば言葉の自律的な運動を挙げることもできよう。その運動が詩人の配慮や判断を掻い潜って、イエスへの不敬を意識せずに犯したとしたらどうなるか。不敬罪として告発されても止むを得ないだろう。そこで通常の詩人なら誰でも逡巡するはずだ。とするならハーバートの覚悟はそのような逡巡を遙かに上回ったとしか言いようがない。いやしくもイエスにナレイター役として舞台に立って頂くとは、少なくとも空前絶後のことであった。

「犠牲」は、四行一連の六十三連、二五二行の詩篇。ハッチンスン編纂の、七〇〇頁に及ぶ一巻本『ハーバート著作集』から、わたしの平易な日本語訳で引用しながら、聖書との関係がどうであったかを検討してゆきたい。が、原詩を読みたいと思う人もいることだろう。その場合には、わたしたちが始終目にする後期近代英語とは、意味内容が甚だしく異なる初期近代英語でハーバートは書いたから、それを読むには至極便利な辞典、アレクサンダー・シュミット編纂『シェイクスピア語彙集』二巻本三〇〇〇頁ものを、傍らに置く必要がある。それでも釈然としない場合には、『オクスフォード英語大辞典』十七巻に時間を惜しまずに当たることが肝要。それでは拙稿のテーマ、つまりは詩作品の検討を通じてどのような詩人像が浮かび上がるか。先ずは――

第一連

〈おお道行くすべてのひとびとよ〉、あなた方の目と心は
世俗のものごとには鋭いけれど、わたしに対しては盲目、
あなた方を見出さんがために、肉の目を備えたわたしには。
　この痛みに比えられる痛みがかつてあったか？

一行目の呼びかけは、旧約・哀歌の第一歌十二節、〈あなた方には何の痛痒もないのか、道行くすべてのひとびとよ／目を留めてよく見よ、／わたしに加えられたこの悲しみに／比えられる悲しみがあろうか〉という呼びかけからの引用で、こちらはかつての栄光の面影もあらばこそ、罪に陥って荒廃したエルサレム、その通りに佇んで苦しみ悶える預言者エレミアの訴えだが、エルサレムを荒廃させた罪は、時代の経過と共に拡大し、人心を蝕んで、回復不可能な状況をすら呼び寄せかねないが、その可能性を反映するかのように、マタイによる福音書二十七章三十九節～四十節ではこう述べられる。〈そこを通り過ぎるひとびとは、頭を振りながらイエスをののしって言った。「神の子なら十字架から降りてこい」と〉。ここの旧約と新約との対応関係、つまりタイポロジーを、一瞬の内に現前させる迫力は凄まじいばかりである。三行目の〈肉の目を備えたわたし〉とは、神の霊が人の肉を帯びたことで、それも人を救済するためであること、それが〈あなた方〉には全く理解されない苦しみ、他の

誰でもない、正しくイエスなるが故の〈痛み〉を語るのだ。なおここのタイポロジーは、ハーバートが自分で発見したものを用いたのだが、そういうことについては、彼は一切書き残していない。それで彼が発見したということをわたしが発見するのは、紆余曲折を随分と経てからだった。

『キリスト教文学事典』（教文館、一九九四）でも、『岩波キリスト教辞典』（二〇〇二）でも、「タイポロジー（Typology）」という項目を設けて、解説している。両者を併せて簡略化すれば、聖書解釈の重要な方法論で、予表論（予型論）と訳されるが、旧約聖書の出来事は、歴史的な事実でありながら、同時に予表として、新約聖書における出来事を、その予表の成就として指し示すのだ。換言すれば、旧約と新約が別個のものではなくて、密接な関係にあると考えるのがキリスト教神学であるなら、予表論は神学の重要なテーマであり、方法論でもあることとなる。モーゼの出エジプトの事件はその記事の通りに起ったことであり、その現実性を無視することなく、キリストの受難と復活という霊的な意味を指し示すのだ。したがってモーゼ、イサク、アダムは実在の人物でありながら、同時にキリストの予表となる。

こうして見ると立派な定義だが、タイポロジーの歴史的な経過について、わたしの判断でほんの僅か付け加えるなら、タイポロジーという概念が未成立の時代に、それに類する考え方に気付いたのは、イエスの使徒ペテロとパウロで、彼らが気付いた言わばタイポロジーを五世紀の古代教父たちは尊重して、それを礎として神学の大系を築いていった。が、実証的研究が尊重される次の時代になると、タイポロジーは忘れられる運命にあった。ルネッサンス期に入ると、ハーバートの考えた神学は、先人による既検出のタイポロジーの習得に加えて、独自の判断で新たなそれを発見することでもあったから、それは再び息を吹き返した。が、彼の後継者は遂に現れず、再び忘れ去られた。そして最近の神学に至って、これで三度目だが、それが重視されるようになった。聖書研究家の藤山修によれば、彼は東京神学大学で徹底的にタイポロジーを叩き込まれた、と語る。先に見たように、事典や辞典の類いにそれが項目として設けられたのは、そうした趨勢の反映であったわけだ。

実はイエス自身がこのタイポロジーについて自覚していた。たとえはマタイ、マルコ、ルカによる三冊の共観福音書のどれを開いても、〈わたしがここにいるのは、主なる神が預言者を通して語られた事柄を実現し、完成させるためです〉というようにイエスは語るが、その場限りの寸感のような、極く軽い調子から、見過ごされ易いのだが、実はこれはタイポロジーについての発言なのだ。

またそれに関係する場面が、マタイによる福音書十二章三十九節〜四十節には、次のように現れる。〈しるしを示せ〉と叫ぶ群衆に対して、神を試そうとするのはもっての外。とイエスは憤りを覚えたのだろう。ぶっきらぼうにこう答える。〈預言者ヨナのしるしのほかには、しるしは与えられない。すなわちヨナが三日三晩、大魚の腹の中にいたように、人の子も三日三晩、大地の中にいることになる〉、と。これでは群衆にはちんぷんかんぷんだろう。イエス自身は埋葬されて三日後には霊として甦るのだ、と信じていたろうが、そういうことを語っても無駄だ、と思ったに違いないのだ。

旧約・ヨナ書によれば、ヨナは主なる神から、富み栄える異教のニネベに赴き、この都市は滅びると預言せよと命じられたが、恐ろしくなって主から逃げようとして船に乗った。主は嵐を起したので、船乗りたちは嵐の原因のヨナを海に放り込んだ。それで嵐は収まったが、ヨナは主に命じられた大魚に呑み込まれ、その腹の中で三日三晩を過ごしながら、主に祈り助けを求めたので、主は魚に命じてヨナを吐き出させた。ヨナはこんどは主の命令通りにニネベに行って、預言した。イエスはこのヨナを、人の子としての自分の予表と見たわけで、ひいては旧約と新約との対応関係を説き明かすタイポロジーを、いささかも疎かにしなかった例として、あのぶっきらぼうな応答の言葉は受け取れよう。

このようにして見てくるとき、タイポロジーの成立は、或る特定の宗教がキリスト教であることのアイデンティティとして逆に機能することも、分ってくる。例えばユダヤ教は旧約だけを信仰の聖典とするから、タイポロジーとは無縁であり、またイスラム教では、アダム、ノア、モーゼ他を預言者として読み変えて旧約の輪郭を温存しながらも、七世紀の最後の預言者ムハンマドが神から受けたコーランを、圧倒的に信仰の糧とするから、ここでもタイポロジーとは縁遠い。とは言え、ハーバートの「犠牲」のすべての連にタイポロジーが用いられているわけではなくて、旧約だけ、新約だけの連もかなりある。わたしの目分量では、タイポロジーを取り入れているのは、全体の三分の一弱だろう。

本論に戻って、タイポロジーはなくてもかなり面白いのは、次の連だ。

第五連

銀貨三十枚で、彼はわたしの死を企んだ、
あの香油には銀貨三〇〇枚の値をつけたのに、
わたしという香んばしい犠牲の、半分も香んばしくな
　いのに
　この痛みに比えられる痛みがかつてあったか?

一行目の〈銀貨三十枚で〉〈わたしの死を企んだ〉は、マタイによる福音書二十六章十四節〜十六節に、〈ユダという者が、司祭長たちのところへ行き、「あの男をあなたたちに引き渡せば、幾ら呉れますか」と言った。そこで彼らは銀貨三十枚を支払うことにした。ユダはイエスを引き渡そうと、よい機会をねらっていた〉とあって、そこからの引用だが、二行目の〈あの香油には銀貨三〇〇枚の値をつけたのに〉は、同じ新約でも別の福音書、ヨハネによる福音書十二章三節〜六節の〈ラザロはイエスと共に食事の席に着いたひとびととの中にいた。そのとき、マリアが純粋で非常に高価なナルドの香油を一リトラ持って来て、イエスの足に塗り、自分の髪でその足をぬぐった。家は香油の香でいっぱいになった。弟子の一人で、後にイエスを裏切るイスカリオテのユダが言った。「何故、この香油を三百デナリオンで売って、貧しいひとびとに施さなかったのか」。彼がこう言ったのは(略)彼は盗人であって、金入れを預かっていながら、その中身をごまかしていたからである〉という場面、そこからの引用なのだ。つまり詩篇の一行目と二行目は、

互いに全く異なるコンテクストから、抽出し対置させたので、おのずから緊張感を漂わせる趣がある。
それでは次の連を読んでみよう。ここには見事なタイポロジーが現れる。

第二十四連

わたしの沈黙が彼らの叫びを、いやさらに高める
わたしの鳩は舞い戻ってくる、わたしの胸の中へと、
猛り立つ洪水の水位、いまだ治まらぬために
　この痛みに比えられる痛みがかつてあったか?

これはイエスがヘロデ王の裁きの庭に引き出された場面で、審問に対するイエスの〈沈黙〉が、ユダヤ人たちの〈叫び〉をいやが上にも〈高め〉、その叫びがまるで〈洪水〉のように、彼に押し寄せてくるさまを語っている。むろん〈洪水〉と〈鳩〉は、旧約・創世記八章八節~九節に〈ノアは鳩を彼のもとから放して、地の面から水が引いたかどうかを確かめようとした。／しかし、鳩は止まる所が見つからなかったので、方舟のもとへ帰ってきた〉とあって、これを踏まえている。とすれば〈ノア〉は〈わたし〉であるイエスの、つまりはキリストの予表となり、〈洪水〉は洗礼の予表となるだろう。この点については新約・ペテロの手紙第一・三章十節~二十一節によって裏付けられる。〈この方舟に乗り込んだ数人、すなわち八人だけが水の中を通って救われました。／この水で前もって表された洗礼は〉〈今やイエス・キリストの復活によってあなた方をも救うのです〉という前半はタイポロジーの成立を論証したわけだが、キリストはイエスとして洗礼を受けていたからこそ、復活という奇跡が成就され得たのだ、という暗示がこめられている。複雑な箇所だ。続く後半の〈洗礼は、肉の汚れを取り除くことではなくて、神に正しい良心を願い求めることです〉という個所には、タイポロジーを踏まえながら神学へと力強く一歩踏み込んだ勢いのようなものが、感じ取れる。
　イエスは使徒たちの内でも特にペテロに目を掛けていて、〈あなたはペテロ、わたしはこの岩の上に教会を立

てよう〉（マタイによる福音書十六章十八節）とまで、仰せられた。〈ペテロ〉とは〈石、岩〉の意であるからだ。そのペテロだけのことはあるわけで、彼によって検出された言わばタイポロジーは、五世紀初頭の教父で、最大の神学者、哲学者のアウグスティヌスの『神の都市』第十五巻でさらに敷衍され、〈方舟〉は教会の予表と考えられるようになるが、言うまでもなくこれは神学の分野においてのことだった。

　イエス自身も、洗礼者のヨハネが、尻込みするのを説得して、悔い改めの洗礼をヨルダン河で受ける。すると、〈天がイエスに向って開いた。イエスは神の霊が鳩のように御自身の上に降ってくるのを御覧になった〉（マタイによる福音書三章十六節）。つまり〈ノア〉の〈鳩〉は〈イエス〉の〈神の霊〉の〈鳩〉の予表であった。ということは直ちに作品の上では、イエスの〈胸の中〉から飛び立ちながら、〈ノア〉の〈鳩〉がかつてそうであったように〈止まる所〉を失って、徒に羽搏く聖霊の〈鳩〉の姿、それを現前させるだろうし、ひいてはその姿をいかんとも救いがたいイエスの〈痛み〉、苦しみの方も同時に超絶性を纏ってくる。

それでは順序として、次の連はどうであろうか。

第三十九連

兵士たちはわたしをひいていった、集会場へと
そこでわたしを嘲り、わたしをことごとく侮辱した。
しかも十二軍団もの天使たちを、呼び集められるわた
　しを　だ。
　この痛みに比えられる痛みがかつてあったか？

マタイによる福音書二十六章四十七節以降では、祭司長や長老たちが遣わした、武装した群衆がイエスを捕えたとき、弟子のひとりが剣を抜いて、イエスに手を掛けた者の耳を切り落した。するとイエスは言われた。〈「剣を取る者は剣で滅びる。父にお願いすれば十二軍団以上の天使を送って下さる。しかしそれでは、必ずこうなると書かれている聖書の言葉が実現されようか」〉、と。こう語ったときのイエスの心の中にあったのは、ここの兵

士たちをも含めて、全人類の罪の贖いを、わが肉の命と引き換えに、父なる神にお願いするのが、先決問題だという、イエスであってこそ可能な念願ではなかったか。タイポロジーとは無縁である故に逆にストレートに訴えてくる場面だろう。が、同じ理由で、いささか平面的で、奥行きの深さにやや欠けることとなる。

　次は少し飛ばして、典型的なタイポロジーを用いた例を、読んでみよう。

第四十三連

すると彼らは　以前わたしに呉れた葦の尺杖で
わたしの首を打擲する、無量の天の恵みがことごとく
不断にほとばしり出る、この岩を、
　この痛みに比えられる痛みがかつてあったたか？

ローマ総督ピラトによる尋問の場面で、〈彼ら〉はローマの兵士たちを指す。〈葦の尺杖〉は原語では“reed”だが、『オクスフォード英語大辞典』に〈聖書の用法、物差に用いられる葦〉とある意を踏まえ、また『聖書大辞典』の〈アシ〉の項に〈間竿として用いられた〉とある意をも汲みながら、そう訳した。

　一行目二行目は、新約・マルコによる福音書十五章十八節～十九節の〈ユダヤ人の王、万歳、と言って敬礼しはじめた。／そして彼らは葦の棒で彼の首を叩き、唾を吐きかけ、跪《ひざまず》いて拝んだりした〉という場面、イエスに侮辱が加えられる箇所に依存している。が、次の〈首〉を、〈天の恵み〉が〈ほとばしり出る〉〈岩〉と言い換えたところは、また一つのタイポロジーに依拠しているのだ。つまり旧約・出エジプト記十七章五節～六節に、〈主はモーゼに言われた〉〈見よ、わたしはホレブの岩の上であなたの前に立つ。あなたはその岩を打て。そこから水がほとばしり出て、民はその水を飲むことができる〉とあり、これに対して言わば予表的解釈をほどこしたのはパウロで、彼の新約・コリント人への手紙第一・十章一節～四節に、〈わたしたちの先祖はみな〉〈モーゼに属するための洗礼を受け〉〈みな同じ霊的な食べ物を食べ、みな同じ霊的な飲み物を飲んだ。彼らは自分たちに離れ

ずについてきたあの霊的な岩から飲んだのだから、されば あの岩こそキリストだった〉とあって、ハーバートは思想的にはこれをそのまま援用した。とは言え、タイポロジーのエッセンスを簡潔な語法で叙述しながら、〈首〉と〈岩〉との瞬間的衝撃的な対置を、ものの見事にやってのけた技量は、この連の迫力を増幅せずにはいない。

なお、〈霊的な飲み物〉の方は、モーゼに言われた主なる神の言葉から直ぐに分かるが、〈霊的な食べ物〉とは何か。それは同じ出エジプト記でも十六章十四節以降に関係する。すなわち〈見よ、荒野の表面を小さな丸いものが、大地の白い霜ほどのものが覆っていた。イスラエルの子らはマナだと言い合った。モーゼは言った、これこそあなたたちに与えられたパンである〉と。〈四十年間もマナを食べてカナンの国境に着いた〉。この〈マナ〉のほかにはないはずだ。

タイポロジー的な見方を検出したパウロは、ローマ帝国でのキリスト教の普及に尽力して、殉教した。パウロは英語ではポールで、セント・ポール大聖堂はロンドンを教区とする壮大な結構で、かつて詩人ジョン・ダンが主席司祭を務めた。

それでは次に移るとして、これまた有名なタイポロジーを踏まえている。

第五十一連

〈おお道行くすべてのひとびとよ、目を留めてよく見よ〉
人は果実を盗み取ったのに、わたしが登らねばならない十字架
それはすべての人にとって生命の木でも、
ひとりわたしには否。
　この痛みに比えられる痛みがかつてあったか？

一行目は、第一連で引用された旧約・哀歌のエレミアの訴え、それの再度の引用だが、〈目を留めてよく見よ〉までの引用によって訴えが倍加される。倍加された痛みのいわれは、二行目、三行目で提示される。旧約・創世記において、アダムは神から禁じられた〈善悪の知識の

木〉から、イヴと共に取って食べ、罪を犯す。罪は〈原罪〉として、彼の子孫である全人類に及ぶ。その人類の罪の贖いこそ、神の子イエスの使命にほかならず、よって彼は〈十字架〉に登り、おのれの肉の命を〈犠牲〉として、父なる神に差し出さねばならないという、そのような複雑ないわれが、いとも簡潔に述べられる。が、この経過からすれば、アダムはイエス・キリスト出現のための、最大の予表であったことになるのではないか。このタイポロジー的な見方を検出したのはやはりパウロで、彼はこう語るのだ。《《最初の人アダムは命のある生き物となった》と書いてあるが、最後のアダムは命を与える霊となった〉(コリント人への手紙第一・十五章四十五節)と。〈最後のアダム〉とは〈十字架〉上で霊的復活を遂げてキリストとなられたイエスを指す。

イエスという存在の超人間的な大きさは、旧約に現れる幾人もの人物を等しなみにおのれの予表として、受容できる性格がある。その一例と考えてもよいものが、たとえばイザヤ書五十三章二節〜五節に、次のように出てくる。

若枝のようにこの人は主の前に育った
(略)
わたしたちは思っていた
神の手にかかり、打たれたから
彼は苦しんでいるのだ、と。
彼が刺し貫かれたのは
わたしたちの背きのためであり
彼が打ち砕かれたのは
わたしたちの咎のためであった
彼の受けた懲らしめによって
わたしたちに平和が与えられ
彼の受けた傷によって、わたしたちはいやされた。

この〈彼〉は新約のイエスの予表たり得るのではないか。〈彼〉の固有名詞が不明のためか、ペテロもパウロも取り上げなかったが、考え方のいかんによっては、タイポロジーの許容範囲とすることも可能ではなかろうか。

先に見た第五十一連の〈十字架〉に関わることで、ついでに付記しておきたいことがある。英語の木“the tree”はそのままの形で、即座に十字架の意味になる、ということで、これは十字架“the cross”がイエス以外の一般のひとびとにとって、即座に〈生命の木〉になることとパラレルな現象で、結局は英語に特有の習慣化した思考のパターンであるから、条件反射のようなものだとも、言えるかも知れない。そしてもしも言葉同士が不意に遭遇して、相互に条件反射的に反応し、それぞれの固有の意味に変化が生じた場合には、意味論的分析批評の適用が可能となるだろう。だが可能なことが、直ちに意義があるとは限らないにせよ、ではむろんあるが――。とにかく詩篇「犠牲」に焦点を置けば、十字架上のイエスが、おのれの肉の命の痛みをひたすら訴え続けるといった、言わば神学に密着した結構からして、そこにタイポロジーがどのように機能するかという事柄の検討が、最も重要な課題となるだろう。これはわたしを含めて読者一般の、好き嫌いとは、次元の異なる問題だ。次の連は緊張関係の絶巓へと迫る趣の、「犠牲」連作中の最高作だ。

第五十四連

けれど、〈あぁわが神、わが神〉何故わたしをお見捨てに、
あなたがその中にお座すことをいと喜ばれた、息子を何故?
〈わが神、わが神――〉
この痛みに比えられる痛みは絶えてなかった。

この連もまた、悠遠なるタイポロジーの上に成立している。しかもこのタイポロジーはハーバート自身が発見したものであるが、それについては彼の謙虚さから、一言も触れていないにせよ、やはりそこまで読み取るべきではないか。一行目は、旧約・詩篇二十二篇一節~二節の〈ダビデの詩。/わたしの神よ、わたしの神よ/何故わたしをお見捨てになるのか?/何故わたしを遠く離れ、救おうとせず/呻きも言葉も聞いて下さらないのか?〉という訴えの遙かなエコーであり、他方〈ダビデ〉の悲痛な訴えを予表とすれば、たとえば新約・マタイによる

福音書二十七章四十六節では、〈三時ごろ、イエスは大声で叫ばれた。「エリ、エリ、ラマ、サバクタニ。」これは、「わが神、わが神、何故わたしをお見捨てになったのですか」と言う意味である〉というように、イエスの一層悲痛な叫びとなって現実化することとなる。

わたしはかねがね、旧約・詩篇を幾度となく繰り返し読んでいたからだろうか。この第五十四連をはじめて読んだとき、体の中を何か電流のようなものが駆け抜けた、気がした。やがてあれはハーバートの魂だったのではないか、と思うようになった。今でもこの四行詩を読み返す度に、わたしの肩の辺りに彼の魂が寄り添って、背後からわたしを支えてくれているような気配を感じるのだ。

（「詩界」二四四号、二〇〇四年三月）

詩人論・作品論

均衡と跳躍

笠井嗣夫

　きわめて端正で、ほとんど破綻のない、まことに堅固なフォームをもった詩。ひとことでいうと、こんな印象をかつて私は、星野徹氏の作品についてもっていた。もちろん、こうした言い方だけでは氏の作品の核心に何もふれることができない。それを承知の上で、あえていうのだが、第一詩集の『PERSONAE』(一九七〇)においていて星野氏は、氏独自の方法と文体をほぼ完成させていたように思う。

　これには、処女詩集を上梓したときに氏の年齢が四〇代の半ばへとさしかかっており、すでに成熟に向かって足を踏み出した詩人であったという事情もあるだろう。弱年の詩人が若書きで詩集を出し急ぐのとはわけがちがうのだ。

　私が氏によって書かれたものに初めて親しんだのは、六〇年代前半から精力的に発表されていた英詩批評、特に、ディラン・トマスやT・S・エリオットの作品について深く鋭利に分析した感嘆すべき批評論集『詩と神話』(六五)や『詩の原型』(六七)を通じてであり、これらの評論によって私は、詩を分析し論じることが詩を書くこととおなじくらいクリエイティブな行為だということを、実感的に学ぶことが出来た。翻訳の仕事では、『ダン詩集』(六八)やI・A・リチャーズ『科学と詩』(七一)、わけてもウィリアム・エンプソンの『曖昧の七つの型』(武子和幸氏との共訳、七二)によって、イギリスの形而上詩や分析的な批評方法の実際について目を啓かせられもしていた。

　そのように、批評や翻訳の仕事を通じて星野徹氏の存在は私のなかでたいへんに大きかったのだが、一方、純粋な詩業については、この『PERSONAE』から『Quo Vadis?』(九〇)までの九詩集を収める『星野徹全詩集』が刊行されてようやく全容に接する機会をもった。つまり批評家として、あるいは翻訳者・研究者としての星野徹氏の像がすでに確固として形成された二十数年あとに、星野氏の詩は、はじめて、そして圧倒的な質と量をともなって私のまえに姿を現した。

冒頭で、端正で破綻のない詩だと書いたのは、こうしたタイムラグ、詩人としての星野氏をかなり遅れて知ったという私の個人的な要因のせいもあろう。だがそういった事情を差し引き、中世の『梁塵秘抄』『閑吟抄』『隆達小歌』などを本歌とした即興的なパロディよりなる第五詩集『今様雑歌』（八〇）があることを考慮したとしても、やはりおおよその印象はかわらない。これはどういうことを意味するのか。

作品に偏在する対称性という特徴を、まずあげることができる。対称とは、あるものとあるものとが、お互いに対応しつつ釣り合う状態のことだが、星野氏の作品における対称的な性質は、形式としても、イメージや概念としても、数多く見て取れる。それは散文詩と行分け詩、形而上詩とライト・ヴァースといった外見的、形式的なものにとどまらず、生者と死者、鞭と独楽、右側と左側、昼と夜、千夜とひとよ、遠心力と求心力、まぼろしと実体、沈黙と声、静止と噴出、拡散と蝟集、褻と晴、垂直への願望と抽象への意志、あるいはドッペル・ゲンゲルなどの、多種多様なイメージや概念として。

こうした対称性こそが、安定感のある、端正でゆるぎない作品構造を形成する要因のひとつである。氏自身も『今様雑歌』の後書で、前詩集『玄猿』（七九）での、どちらかといえば重苦しい思考を綴る散文詩とは対照的に、ライト・ヴァースに近い形をとったことについて、「一方の衝動に対して異質の衝動を対置させ、そうすることによってあるいはおのれの心理的平衡を保とうとしたのかもしれない」とみずから書いているほどだ。

「ロールシャッハ・テスト」（『Quo Vadis?』）は、A群五連、B群三連より構成される。Aでは真昼の動物園での雄ライオンが描かれており、Bでは映画のなかに二頭のライオンが登場する。

スクリーンの上では
二頭のライオンが
じゃれ合っているのか嚙み合ってるのか
左右対称のインクの汚点《しみ》
片方の汚点が雲のような鬣を振りあげれば

もう片方も牙のようなものを剝き出す
喧しい　利いた風なことを
唐御陣は明智打ちのようには参りません
結局は躁の一頭が鬱の一頭を
自刃へと追いつめる

（B　第一連）

ライオンは秀吉と利久の喩であり、勅使河原宏監督『利久』のスクリーンには、躁状態の秀吉が利久に切腹を命じるシーンが映っている。A群での昼とB群での闇という時間的な対称性だけでなく、スクリーン上での、躁的な権力者と憂鬱な芸術家との対峙を、「左右対称のインクの汚点」として描く。「ロールシャッハ・テスト」とは、インクの染みで作った左右対称の図形を用いて人間の性向を知る手掛かりとするものだ。したがって、いうまでもなくこの作品のモチーフはライオンにではなく、躁と鬱、光と闇とを対比させること自体に、さらにそうした対比を通じて私たちの抱え込んだ、明暗入り混じる意識・無意識の相を浮かび上がらせるところにある。詩集『Quo Vadis?』の作品の多くは、A群とB群との二部構成のかたちをとっているが、これもまた、作者の「平衡への希求」に起因する形式であろう。

第二詩集『花鳥』（七四）においては、「同じく」という一語を境界として、行分け詩と散文詩、散文詩と行分け詩がひとつの作品のなかに収まり、形として左右対称（行数的には非対称だが）となる。

第三詩集『芭蕉四十一篇』（七六）では、散文詩の最後に、モチーフとした芭蕉の句を置いて全体をしめくくる。これは、長歌に対する反歌の相似形である。ここでも星野氏の散文詩と芭蕉の句とは、行数からいえば非対称なのであるが、凝縮された世界を内包する芭蕉の句によって喚起された思考やイメージがゆっくりと正確に展開され、構築されていくので、前者が後者に収斂していくというよりは、両者が緊張感のなかで対峙しているといった感じが強い。

対称性あるいは均衡そのものをモチーフとした作品もある。散文詩集『玄猿』のなかの「経験」である。ここで、理工系の学生である「わたし」は、天秤を用いて合金の質量を測定しようとする。

わたしはピンセットで資料をつまみ一方の皿にのせる
杆《おさ》がかしぎ　針はゼロを離れる　わたしはピンセッ
トで分銅をつまみもう一方の皿にのせる　杆は水平に
近づき　針がゼロに近づく　分銅をもう一枚のせる
さらに近づく

天秤とは、左右両端の皿に載せられた質量と分銅を釣り合わせることによって重さを精密に測る道具である。「わたし」は、天秤の針をゼロ（完全な対称）に近づけるために何度も分銅を取り替えてみる。しかしゼロにはならない。どうしてもそれはゼロの近似値にすぎないのである。果てのない作業を繰り返しながら「わたし」は、近似値が絶対値に近づきうる可能性に思いをめぐらしつつ、自己のもつ限界に手痛く打ちのめされる。

　ここでの「わたし」を詩人星野徹氏とみても、まちがいはなさそうだ。この「経験」は、たしかに機械科の学生だったこともある氏の実体験であると同時に、言葉によって絶対を生み出そうとする詩的な営為の喩でもあろう。〈質量と分銅〉というイメージは、死と生、夢と現実などさまざまに対をなすものへと読者をいざなう。そしてまた、慎重な手つきで質量を測定する「わたし」の像が、細心の注意を払いつつ言葉によって知的な均衡と構成の美をめざし詩作へ没頭する詩人星野徹自身の姿を思わせ、どうじに端正さや破綻のなさの印象をあたえたのかもしれない。

　ただし、容易に見て取れる端正さや破綻のなさといった印象から、ふとさりげなく逸れたところ、〈PERSON-AE〉＝仮面、の裏側といってもいいところに、実は星野氏の作品世界の核心が秘められているということも大急ぎで指摘しておかなければならない。たとえばこのような箇所。

じじつ彼女はさがしていたのだ
その虫垂炎のごときもの
ひとつまみの炎症のごとき言葉を
神話のポケットの薄暗い肉のひだの間から
それがしかし

不意に翠色の花苞をひらく
といった奇蹟をねがいながら
可逆反応の

（「イシス」、傍点引用者）

垂直への願望　それは抽象への意志と不可分の関係に
あったろう　垂直が抽象を招くのか　抽象が垂直を引
き寄せるのか　それはもう彼の中で可逆的な関係にあ
ったろう

（「芭蕉　一」、同）

ここでの「可逆反応」、「可逆的」という言葉も星野氏らしい選択で、私のような科学に無知なものが正確に理解することは困難なのだが、大雑把にいうなら、ある状態に変化・変成したものがさらに以前の状態に戻りうることを指している。たとえば炎症のごとき言葉が翠色の花苞に、あるいは垂直が抽象に、というように。ここに、星野氏の原型への志向をよくうかがうことが出来る。

しかし実際には、可逆反応が起きることはごくごく稀で、ほとんど「奇蹟をねがう」ようなものであろう。星野氏の作品においてもまた、見かけの対称性はまったく近似的なものにすぎず、実際には明らかな偏差あるいはずれをともなっている。たとえば、A↓Bという展開において、AとBとは必ずしも可逆的ではありえない。むしろ、より直截にいえば、星野氏が端正な言葉で展開する底流には、不可能なる可逆性つまり奇蹟的なることへの熱い願望があるといってよい。詩の核心はここにある。

だがそのときだったろうか　打ちのめされたわたしの
眼が　ふと　とらえたのは　鳳凰木の彩度の高い花の
梢の上　立ちはだかる積乱雲のさらにひろがる巨大な
頭部のさらに上　ほとんど宇宙空間と言ってもよいあ
たりに　ガラスの皿を両側に垂れた天秤が一台　正確
に平衡を保っている光景であった

（「経験」後半部）

近似値はどうしても絶対値になることはない。その事実に絶望した「わたし」がふと宙に見る光景。そこではガラスの天秤が見事に正確な均衡を保っているのだ。だがこの絶対値は幻であり、ヴィジョンであって、現実ではない。現実から幻想へ。ここにひとつの切断ポイントがある。氏にとっての詩の価値が、均衡を保つことではなくて、むしろ対称的なもの同士の緊張に満ちた照応の過程において、具体から抽象へ、現実から幻想へ、あるいは逆に、幻から実体へ、といった不可能なる可逆性を想い、その極点で危険な跳躍を生み出すところにあるのだとしたらどうだろう。均衡という形をとりつつ、見えない衝突を繰り返しているのだとすると。そのように見ていくと氏の作品は、端正で破綻がないかのように見えつつ、実は、破綻を賭けて今ここからありえない場所へ行き着こうとするスリリングな試みを皮膚一枚下に孕んでいることがわかる。その跳躍の様相は、たとえば次のようなものである。

そのとき（中略）　石が飛んだ　　（「ダビデ」）

月が傾いた　車輪がまわりはじめた　　（「須佐之男」）

まぼろしのやがて眼もくらむ高さの水圧が　ひとつの
実体におそいかかるまでには　　（「アドニス」）

棚引くように手を伸ばすと柱の悲痛な肉体にさわった
　とたんに硬直する指　手首　また喉　蝕が全円を覆
うとき　柱は当然ながら塔となるだろう　いや　絶対
零度の城となるだろう　　（「城10」）

星野氏の作品が生み出すそれぞれの切断的な跳躍ポイントで、起こる事件。すなわちそこでは、石が飛び、車輪がまわり、幻が襲いかかり、あるいは柱が絶対零度の城に化す。均衡から跳躍へと変幻する。とくに、玉や独楽、円盤といった事物によって、強烈な回転運動があざやかに具象化されるところが魅力的である。この跳躍点は、垂直と水平の座標転換から生じることもあるし、対称性の変形ともいうべき上昇と下降の運動へ発展することもある。

細い管を流れくだる戦慄　甘美な戦慄をさらに求めて
上へ上へと真空地帯を舞いあがっていった　上へ上へ
と垂直に　いつか時間や空間の観念は消滅していた

ミルチャ・エリアーデは、『神話と夢想と秘儀』（岡三郎訳）のなかで、「（われわれは）上昇がとりわけ時間と空間を廃棄し、人間を世界創造の神話的瞬間に《投げ出し》、それによって人間はある意味で《新たに生まれ》、世界の誕生と同時的な存在になりうることを知っている」と述べて、上昇と飛翔のイメージが深層意識にひき起こす「回生的効果」と宗教体験や放心体験、形而上学との結びつきを示唆している。

星野氏の場合も、多くの詩句から、宗教とりわけキリスト教の影響が大きいと推測される。だがそういった事柄について無宗教者である私のようなものが、いささかでも言及する余地はない。それゆえこの場でも宗教的な側面にふれるのは必要最小限度とするよう注意を払って書いてきたつもりなのだが、そのことによって逆にある偏差をきたし、読者にもどかしい感じを与えることは否めないであろう。今後、任に適した批評家によって、このあたりのことも明快に論じられるべきである。

（「椿」）

星野徹氏の詩業における基本的な構造について『全詩集』（第九詩集『Quo Vadis?』まで）を中心としてみてきた。その後、氏の作品は、以前の単一円形が二つの焦点をかかえる楕円へと変化するごとく（「曖昧な森9」や近作「アケボノアリを枕として」）、複雑巧緻をきわめてくる。このあたりについては、武子和幸氏がその周到な星野徹論で、「まず、類似の言葉や詩句が、類推の糸をたどって繰り返し現われ、そのつどに変形し、ずれた分だけ意味の層を重ねてゆくが、その背後にそれらに共通する要素、つまり原型的な相を浮き上がらせていく」（「時空不連続の詩学」）と、簡潔で明晰な分析をしている。

後期の、とりわけ散文詩集では、たとえば『曖昧な森』（九二）を例にしてもいいのだが、森とは平地の尽きる場所からひろがる日常を超えた場であり、超絶的な存在としてある。これまでの文脈でいえば、すでに切断と跳躍を経た後に詩が書き出されている。深い森は、昼なお暗いのである。『城その他』（八七）や『祭その他』（〇一）においても、城や祭という脱日常的な設定がまずなされているという点では共通する。そういう意味で、方向性が逆となり、以前の詩集を往路とすればこれらの詩集は復路とみることができよう。ブラックホールのような混沌とした言葉の森あるいは祝祭からの帰還であると。

そして最新詩集『フランス南西部ラスコー村から』(〇五)を読むと、ここにはもはや分析的な言葉がまったく無効となるほどの見事な景観がひらけている。あるとき風景は一個の具体物にまで凝縮され、あるときには想像力が大地を蹴り、飛翔し、極小に極大を、化石のひとかけらに複数の太陽系を凝視し、大宇宙の運行リズムに耳を澄ます。

初期詩篇から持続されてきたさまざまな志向や試行が、渾然と互いに溶け合い、新鮮に反復され、一冊の詩集が、星野氏のすべてを抱え込んだ無量の坩堝と化している。そしてそれを微妙に統御しているのが、時に会話体をおりまぜた柔軟きわまりない文体である。変幻自在な語り口の生み出すユーモアもふくめ、『PERSONAE』の詩人が到達した最新の境地に、どんな言葉もなく魅せられずにはいられない。

(2005.6.18)

疾駆する詩人の笑い

武子和幸

星野徹さんが水戸市姫子に家を新築したのは、一九六七年も押しつまったころだから、それからもうかれこれ三十八年がたつ。玄関を入って右手の和室が応接間を兼ねていて、襖をへだてた隣室は書斎になっている。普段は天井にまで達するかなりの数の本を背に机に向かっている。時折、別室の書庫に消え、しばらくして貴重な詩集などを手にして現れる。

書斎にいないときは、たいがい庭にいる。一時期は、訪ねていくと必ずなにやら庭木の剪定をしていたり、時には大きな紗羅の株立ちまで移動しようと根元を掘り返していたり、まさに専門家はだしだ。庭仕事は、直接ものに触れるので、詩を書くより楽しいと言う。星野さんの詩の言葉の質量感の秘密は案外そんなところにあるのかもしれない。長年剪定鋏を使って庭師のようにごつごつと関節の太くなった指で、ペンをぎゅと押さえて、生み出されたものだ。

記号化された世界を物の世界に復帰させること。そこに星野さんの願いがある。それは詩の世界では、言葉に物の肌触りを取り戻す作業になる。推敲をしている所に立ち合えばだれでもそれが分かる。なにやらぶつぶつ言っているなと思って見ると、言葉を飴玉のようにころころ舌の上に転がして、その感触を味わい試しているのだ。

新川和江さんは、星野さんを、〈螺旋状に書棚がしつらえて〉ある〈塔の頂きに住まいせるひと〉(『星野徹全詩集』栞)と評したことがあるが、その頂きにはエデンの園とも言える丹精の庭がある。かずかずの植物の根は、星野さんの内部世界の〈螺旋状の書棚〉の中に張り巡らされ、宇宙論的な『曖昧な森』を形成したり、あるいは〈塔〉そのものが、イメジや意味を螺旋状にずらしながら成長したり崩壊したりする有機体的な『城』になったりする。それは抽象の塔ではなく、まさに生命の塔に見える。

〈ラスコー村〉もそうだ。おそらく星野さんは〈フランス南西部〉は旅行したことはないはずだから、どこか〈書棚〉の隅っこに埃をかぶっている画集をちらりと見たのがきっかけで、いつのまにか書斎は〈洞窟〉に変貌してしまったのだろう。肉眼に見えないほうが、〈洞窟〉に描かれた獣たちの本質が良く見えることだってありうる。〈そこひの視線に射られると〉〈ものの相が呼び出された〉(「ホメロス」)。星野さんにとっては、この〈塔〉つまり詩の中に意味づけられ、秩序づけられた〈塔〉や〈鹿〉の〈壁画〉がもっとも価値のあるもので、そこに確固と存在しているかぎり、現実の遺跡はさほど重要ではない、と言い切っていいかどうかは分からないが、ともかく素材は、想像力を刺激し、触発させてくれればそれでよい。それらが星野さんの内部でじっくりと醸成されていくのを、虚心に庭木の剪定などをしながら待つだけなのだ。

星野さんは、たまに興味をそそる新聞記事を見つけたりすると、こまめに切り取ってファイルしている。〈アケボノアリ〉や最先端の宇宙論などが現れたのもそこからだ。〈じじばば〉という〈蘭科の花〉は、頂戴物とかで書斎で大切に育てていて、そのエロチックな花の形と土俗的な命名の妙をひどく面白がっていたかと思ったら、いつのまにか宇宙の根源的なエネルギーと自己の内部のそれとが交歓しあうような詩になっていた。

このように些細な事物のひとつひとつは、かくしてどちらが先かは分からないが、星野さんの内部で不定形ながら誕生しつつある詩と結びつく幸運な瞬間に、初めてその存在をゆるされる。そのときそれは物本来の自由さを取り戻し、星野さんの生命力溢れる宇宙の原理に従って変幻自在な動きを見せはじめるのだ。

その精神の働きを、たとえば〈幽玄〉とか〈風雅〉と呼んでよいなら、星野さんはその世界を、《《戦いと飢えで死ぬ人間がいる間は》》、〈裂け目からひと筋の白刃のような光／《おれは絶対風雅の道をゆかぬ》〉（「詩人の来訪」）とうたった中桐雅夫に厳しく対置させている。つまり、星野さんの〈幽玄〉〈風雅〉は、〈白刃〉の〈光〉を間に置いて、その対極に輝くものらしい。〈じりじりと包囲される天主閣／意識の夜空に直立する彼の／形而上学〉の悲劇的な美しさ。この〈白刃〉は星野さんの精神の暗部にもきらめいている。

星野さんは幼少期や青春期の体験をあまり語らないが、見かけほど安穏ではなかったようだ。詩篇「閲歴」では、〈豊後水道通過　島々に桜満開　懐しくないはずはなかったが／わたしは歯の根を鳴らしていた　南の島に一切合財棄ててきたので〉と回顧している。この〈歯の根を鳴ら〉す精神的寒気は、おそらく幼少時に父と故郷を、青春期には第二の故郷を失った三重の喪失感によるものだろう。さらに推測をめぐらせれば、それは、追放、あるいは亡命にも近い意識をともなっていたかもしれない。〈どこから　どこへ　追われつづけるのか　おれ　いつから　いつまで　狩られつづけるのか　おれ　獣のように〉。この「須佐之男」の独白に、星野さんの深層の風景が垣間見える。

星野さんは、「荒地」派の詩人たちと同じく、T・E・ヒュームの非連続的思想やT・S・エリオットの『荒地』の世界をおのれの世界として切実に受け止めていたはずだ。しかし、星野さんを星野さんたらしめたものは、「荒地」派の都会的文明批評の方向ではなく、利根川の北方の土俗的文化圏に居住して、当時はげしい拒絶反応さえあった神話構造の中に生の根拠を求めたところにある。理工系から出発した詩人らしく、〈アリストテレス的正気〉（『範疇論』）のロジックを武器にして。

いつだったか、話の合間にめずらしく星野さんは父親の家系と正月の伝統行事についてひそやかに語ってくれたことがある。父は遠州流挿花の師範でもあり、その曾祖父は上州安中藩の最後の執政を務めたという。私の頭に、不意に一つの時代の崩壊の中にすっと立つ挿花が浮かび上がる。正月に花を活ける厳父の姿は、伝統の象徴として、〈一切合財棄て〉た戦後の虚空の中に星野さんが死守しようとした〈形而上学〉の幻と重なり、輝いて見えはしなかっただろうか。その花は、混沌として無機質な時代に屹立する生の形而上的様式美の幻だ。星野さんが求めた生の根拠とは、詩の中にそれを、つまりさらに高い次元の生命の様式の幻を構築することだった。

その幻が、どのように詩に凝縮されているかは、「メドゥサ」（『祭その地』）という詩篇を読めば、そのひとつの形が比較的よく分かる。その詩篇は、星野さんの友人の幻想画家大山弘明氏のテンペラ画を、その筆のタッチのひとつひとつ、その息遣いまでを感じ取りながら見つめていたとき生まれたものらしく、〈メシアの称号を冠せられること火を見るより必然のそのエネルギーを　月満ち潮満ちて分娩するとき　即座に彼女自身のういういしい豊饒の下腹部を破壊し　彼女の呼吸する膨張不断の原始宇宙をあられもなく破壊せざるをえない掟まで〉と、土俗的な豊饒の女神イシスと穀物神オシリスの神話に、〈メシア〉の生誕を予兆的な関係で胚胎させる劇的で垂直的な構造を持っている。

それは、旧約の出来事が新約で成就されるというキリスト教神学の予兆論をもとにジョージ・ハーバートの詩篇「犠牲《いけにえ》」を分析した星野さんの研究とも関係がありそうだが、根源的なところでは、星野さんの詩学の出発点である神話批評と密接な関係がある。その批評は、神話が〈人間共通の経験の原型〉として詩に投影され、決定づけると見るから、広い意味ではどこか予兆論と共通する部分がある。この詩にも両者の照応関係みたいなものが反映されている。

また、イシス・オシリス神話に限らず神話は水平な物語世界であるが、それを本質的に成立させているものは、宇宙論的な原理（あるいは超越的存在）であり、星野さんは、その原理への垂直的な形面上的志向を縦軸に詩を構造化している。そしてその志向は、キリスト教の信仰の世界、神と深く結びついているのだ。

二〇〇〇年十月に星野さんはウィルス性髄膜炎という危険な病気にかかり、幸運にも完治したが、その後、詩を書くことで崩壊に瀕した精神を回復しようと懸命な努力が続けられた。やがて病気以前の緊密な構造の詩から一変して、一切の生命が柔軟にして強靱、自由自在に変容する詩空間を作り上げた。三十数年前に、〈おれは駆ける　もう一つの　絶望の方へ　夜明けの方へ〉と叫んで駆けていった蒼白の〈須佐之男〉は、最近の「蜆蝶になればなったで」では、やれやれと愚痴にもにた余韻を題の末尾に残しながらも、〈あっはっはっはっは　これこの通り　どろんと！〉と忍者もどきの変身と笑いで、見事に最後の余白を埋めてしまった。詩の地平を押し広げながらなお疾駆する須佐之男の笑いには、限りなく想像力を掻き立てられる。

（2005.6.6）

ドッペルゲンゲルの妙

関口 篤

星野徹の作品に一貫して流れる目立つテーマとしてドッペルゲンゲルへの関心を指摘できるように思う。自分がもう一人いる、あるいは生まれ変わりという「感じ方」である。これを人類は古来連綿と引き継いできた。むろん現代科学では証明できないが、星野はそんなことは歯牙にもかけない。芭蕉の句「命二ツの中に活《いき》たる桜哉」への讃として書かれた散文体の作品「芭蕉　八」では、「芭蕉を着たつもりのわたし」と「わたしを着たつもりの芭蕉」が近江国で対面する。たがいに相手を自分の分身とみとめ、二十年前の芭蕉が「和歌の奥義は年たけて又こゆべしと思ひきや」と言うと、二十年後のわたしは「伊良胡の島の玉藻刈り食む」と返す。この問答の行く先にはおそらく藤原定家と柿本人麻呂がくつろいでいる。ここで二人はたがいに「にっこりと相好を崩した」。気がかりな問題が解決したのだった」。気がかりな問題の内容は、この際それほど重要ではない。作者の本音は、ドッペルゲンゲルから玄妙典雅な文学世界をみちびき出すことのほうにある。

この意味でさらに完成度の高い秀作に「螢」がある。作者は「いつもの沢」でついと流れるひかりを眼にする。「いつもの螢だ」。

あれが　あなたの
からだからあくがれ出た玉だとは
詩的表現の上では可能でも
現実にありうることだろうか

この連が中世の歌人和泉式部の代表歌「物思へば沢の螢もわが身よりあくがれいづる魂かとぞ見る」に源を発していることは言うまでもない。「魂」を「玉」と言い換えたところに作者のひとしおの思い入れも感ぜられる。その螢を作者は眼で追う。ひかりは作者の周囲を旋回し、明滅をつづけて遠離る気配もない。

あれがあなたの
殊に　潤いのある場所に孵ったとするなら
その場所が　もし　この沢だとするなら

作者は避けがたく「ほの白いひかりの方へ／引き寄せられる」。これをうけての結びの連は甚だ劇的な孵化を告げる。

不惑を越えて十一回目の夏
ずぶ濡れになって
沢から這いあがった　わたしは
あやしく発光していた

妖美なダブルのエロティック変身譚。拳骨の一振り二振りで一挙に詩を成立せしめる豪腕。西脇順三郎は座談でしばしば「文学は文学から創るべきもの」と強調していた。「近世西洋ではT・S・エリオットがその旗頭、ぼくも……」、星野の「螢」はいみじくもその典型例の一つであった。この作者のドッペルゲンゲル願望は和泉式部にとどまらず、あの沙翁にまで及ぶ。英文学者として当然の成り行きなのだろうか。

その作品「Stratford-on-Avonの男」は、次のような散文低迷体で始まる。「ひと旗あげようとロンドンに出てきたものの　あげるべき旗があるわけでなし　あったところでこのスモッグだ　とてもはたはたと翻るわけにはゆかぬ」。ところで、この文の省略主語はいったい誰か？　見掛けは十六世紀イングランドのあのすかんぴん出奔男だが、作品の構成上は四百年余をワープしてあの男と合体した星野徹でもあるらしい。いや、そもそもドッペルゲンゲルとは幽離体と本体の同一性の謂いだから、合体もワープ云々も的外れか？　時の経過はどうなる？　生まれ変わりか？　こんな慮外の組み立てで詩はうまく収束できるのか？　出来栄えはもっぱら結びの切れ味にかかっている。

「ガラス製の宇宙　などと言い出したのはどこの誰だ」で始まる第二連は後世の数多のシェイクスピア学者に対する皮肉な嘲笑。あのグローブ座の舞台を宇宙空間に見立てての甲論乙駁のやかましいこと。役者にとどまらず台本書きまで言い渡された出奔男にとって、そんなことはどうでもいい。要は小屋が大入りになり観衆が沸き立つこと。フォルスタフに笑いころげ、グロスター公には猛然とブーイングを浴びせてほしい。それで、実入りも合わせわがロンドン生活がいくらか滑らかに進行するなら……。それにしても「方尺の切れ目から　おれの見あげる宇宙は少くとも方尺の鉛製だ」。

では、あの陶淵明に倣い「帰りなんいざ」と故郷のストラットフォードを目指すか。しかし、かの地も今は桃源郷にはほど遠い。往時の鹿泥棒に戻るだけ。アイディアを実行に移すには少なからぬ時と幾連もの「科白」が求められる。ハムレットもマクベスも、あれは実は我輩のこと。ここで出奔男と作者の交感にそのマクベスが割って入る。「明日も　明日も　そのまた明日も　こうして時間の階段をずり落ちてゆくほかないのか」。シェイクスピア好きにとってはお馴染みの名科白。やれ、マクベス、ダンカン王を刺し殺せ。やれ、星野。

さて、この詩の問題の結びはこうだ。「なめし革の肌を照りとおる黄金の心臓さえ外さねば　おれはペン・ナイフを握りしめた」。中世の匕首《あいくち》が現代の小型懐中ナイフに、ダンシネーン城の王の寝室が現代の学匠のほの暗い書斎に溶暗している。その瞬間にドッペルゲンゲルは解除される。見事な収束というほかはない。

　さて、以上はいずれも五、六十代の作と推測されるが、近年八十代に達した星野の変身願望はその後も衰えることを知らぬかに見える。しかもその対象は昆虫や動物にまで拡大される。最近作とおぼしき「蜆蝶になればなったで」（シジミチョウとは蜆ほどの大きさの蝶か?）の出だしはこうだ。「わたくしという蜆蝶にとって　現世における事柄の進行状況は　見た目ほどには簡単ではなかった」。以下、この変身をおのれにも読者にも納得させるため、博物学上のさまざまな学識と知見が動員される。しかし、人の爪ほどの大きさではいかにも生きにくい。なにかに再変身すべきではないのか。これには次のような哲学的考察も加えられる。「〈蜆蝶に　取って代るべき対象〉とある箇所に　注意を集中するなら〈蜆蝶〉は補語〈対象〉は主語という構造であろう　これを思い切って逆転するなら〈対象に　取って代るべき蜆蝶〉となって〈対象〉は補語〈蜆蝶〉は主語となる」。

　その対象に選ばれたのがあの「ラッコ」である。ここから先がなんともユーモラス。「それはわたくしめにとって　消えてほしくない言葉の優先順位からすれば　常に動かしがたく　真っ先にくるだろうし　考えてもみよ海面に仰向けに浮かびながら　その腹に乗せた石を道具に　貝殻を割って　食事する習性のいじらしさ」。「ラッコ紛いの口髭まで動かしながら　あっはっはっはっはこれこの通り　どろんと！　はっはっは！」。あとはラッコかシジミチョウか、ああ、こりゃこりゃ。水戸のご老公の実に見栄えのする近影であった。（2005.7.1）

現代詩文庫 184 星野徹

発行 ・ 二〇〇六年二月二十日 初版第一刷

著者 ・ 星野徹

発行者 ・ 小田啓之

発行者 ・ 株式会社思潮社

〒162-0842 東京都新宿区市谷砂土原町三―十五

電話〇三（三二六七）八一五三（営業）八一四一（編集）八一四二（FAX）振替〇〇一八〇―四―八一二一

印刷 ・ 株式会社オリジン印刷

製本 ・ 株式会社川島製本

ISBN4-7837-0959-9 C0392

現代詩文庫

第I期

＊人名（明朝）は作品論／詩人論の筆者

- 158 平田俊子　吉増剛造／藤井貞和他
- 159 村上昭夫　辻井喬／高橋昭八郎
- 160 広部英一　荒川洋治／岡崎純他
- 161 白石公子　佐々木幹郎／常盤新平他
- 162 鈴木漠　塚本邦雄／清水哲男
- 163 高橋順子　大岡信／池井昌樹他
- 164 池井昌樹　天沢退二郎／粕谷栄市他
- 165 続続清岡卓行　清水哲男／辻征夫他
- 166 倉橋健一　坪内稔典／松原新一他
- 167 高貝弘也　吉岡実／新井豊美他
- 168 御庄博実　長谷川龍生／北川透他
- 169 続吉原幸子　大岡信／多田智満子
- 170 井川博年　川本三郎／八木幹夫他
- 171 加島祥造　原満三寿／池崇一他
- 172 続続吉原幸子　谷川俊太郎／新川和江他
- 173 続粕谷栄市　横木徳久／野村喜和夫他
- 174 小池昌代　飯島耕一／井坂洋子他
- 175 征矢泰子　新川和江／新井豊美他
- 176 八木幹夫　小沢信男／新倉俊一他
- 177 続入沢康夫　野村喜和夫／田野倉康一他
- 178 岩佐なを　城戸朱理／矢川澄子他
- 179 四元康祐　栩木伸明／谷川俊太郎他
- 180 山本哲也　吉野弘／北川透他
- 181 続続辻征夫　清岡卓行／高橋源一郎他
- 182 友部正人　谷川俊太郎／宮沢章夫他
- 183 河津聖恵　新井豊美／瀬尾育生他
- 184 星野徹　笠井嗣夫／武子和幸他

- 1 田村隆一
- 2 谷川雁
- 3 岩田宏
- 4 山本太郎
- 5 清岡卓行
- 6 黒田三郎
- 7 黒田喜夫
- 8 吉本隆明
- 9 鮎川信夫
- 10 飯島耕一
- 11 天沢退二郎
- 12 吉野弘
- 13 長田弘
- 14 吉岡実
- 15 富岡多恵子
- 16 那珂太郎
- 17 安西均
- 18 長谷川龍生
- 19 高橋睦郎
- 20 茨木のり子
- 21 安水稔和
- 22 鈴木志郎康
- 23 生野幸吉
- 24 大岡信
- 25 関根弘
- 26 石原吉郎
- 27 谷川俊太郎
- 28 白石かずこ
- 29 堀川正美
- 30 岡田隆彦
- 31 入沢康夫
- 32 片桐ユズル
- 33 川崎洋
- 34 金井直
- 35 渡辺武信
- 36 安東次男
- 37 三好豊一郎
- 38 中桐雅夫
- 39 中江俊夫
- 40 高野喜久雄
- 41 吉増剛造
- 42 渋沢孝輔
- 43 高良留美子
- 44 三木卓
- 45 加藤郁乎
- 46 石垣りん
- 47 木原孝一
- 48 北川透
- 49 菅原克己
- 50 多田智満子
- 51 鷲巣繁男
- 52 寺山修司
- 53 木島始
- 54 清水昶
- 55 金井美恵子
- 56 吉原幸子
- 57 藤富保男
- 58 岩成達也
- 59 井上光晴
- 60 会田綱雄
- 61 北村太郎
- 62 窪田般彌
- 63 辻井喬
- 64 新川和江
- 65 吉行理恵
- 66 中井英夫
- 67 粕谷栄市
- 68 清水哲男
- 69 山本道子
- 70 宗左近
- 71 中村稔
- 72 粒来哲蔵
- 73 諏訪優
- 74 続飯島耕一
- 75 荒川洋治
- 76 佐々木幹郎
- 77 正津勉
- 78 辻征夫
- 79 安藤元雄
- 80 藤井貞和
- 81 大野新
- 82 犬塚堯
- 83 小長谷清実
- 84 江森國友
- 85 天野忠
- 86 嶋岡晨
- 87 阿部岩夫
- 88 関口篤
- 89 衣更着信
- 90 ねじめ正一
- 91 菅谷規矩雄
- 92 井坂洋子
- 93 片岡文雄
- 94 伊藤比呂美
- 95 新藤凉子
- 96 青木はるみ
- 97 中村真一郎
- 98 嵯峨信之
- 99 稲川方人
- 100 平出隆
- 101 松浦寿輝
- 102 朝吹亮二
- 103 続荒川洋治
- 104 続藤井貞和
- 105 続寺山修司
- 106 吉田文憲
- 107 瀬尾育生
- 108 続谷川俊太郎
- 109 続続谷川俊太郎
- 110 続田村隆一
- 111 続続田村隆一
- 112 続天沢退二郎
- 113 続続天沢退二郎
- 114 新井豊美
- 115 続吉増剛造
- 116 続続吉増剛造
- 117 続鮎川信夫
- 118 続北村太郎
- 119 続吉野弘
- 120 続石原吉郎
- 121 続鈴木志郎康
- 122 川田絢音
- 123 続続吉野弘
- 124 続北川透
- 125 続白石かずこ
- 126 続清岡卓行
- 127 続宗左近
- 128 牟礼慶子
- 129 続吉岡実
- 130 続辻井喬
- 131 続大岡信
- 132 続新川和江
- 133 続川崎洋
- 134 続清水昶
- 135 続高橋睦郎
- 136 続長谷川龍生
- 137 続中村稔
- 138 八木忠栄
- 139 続佐々木幹郎
- 140 城戸朱理
- 141 野村喜和夫
- 142 平林敏彦
- 143 続渋沢孝輔
- 144 続那珂太郎
- 145 財部鳥子
- 146 続長田弘
- 147 吉田加南子
- 148 続清水哲男
- 149 辻仁成
- 150 木坂涼
- 151 田中清光
- 152 阿部弘一
- 153 続続大岡信
- 154 続続鮎川信夫
- 155 続辻征夫